PARIS

DU MÊME AUTEUR

JUBILATIONS VERS LE CIEL, *Goncourt du premier roman.*
LES CIMETIÈRES SONT DES CHAMPS DE FLEURS.
ANISSA CORTO.
PODIUM.
PARTOUZ.
TRANSFUSION.
PANTHÉON.
APPRENTI-JUIF.
MORT ET VIE D'EDITH STEIN.
CINQUANTE ANS DANS LA PEAU DE MICHAEL JACKSON.
LA MEUTE.
NAISSANCE, *prix Renaudot.*
UNE SIMPLE LETTRE D'AMOUR.
TERREUR.
DEHORS.
ROMPRE.

Au pays de l'enfance immobile

I. ORLÉANS.
II. REIMS.
III. VERDUN.
IV. PARIS.

Films

GRAND ORAL.
PODIUM.
CINÉMAN.
RE-CALAIS.

AU PAYS DE L'ENFANCE IMMOBILE

IV

ISBN 978-2-246-82348-3

YANN MOIX

AU PAYS DE L'ENFANCE IMMOBILE

PARIS

roman

BERNARD GRASSET
PARIS

TOUTE RESSEMBLANCE AVEC DES PERSONNAGES AYANT VÉCU, TOUTE SIMILITUDE DE NOMS, DE LIEUX, DE DÉTAILS, NE PEUVENT ÊTRE QUE L'EFFET D'UNE PURE COÏNCIDENCE, ET L'AUTEUR EN DÉCLINE LA RESPONSABILITÉ AU NOM DES DROITS IMPRESCRIPTIBLES DE L'IMAGINATION.

Y. M.

Pour Nicky et Jean-Claude,
en guise d'au revoir.

PREMIÈRE PARTIE

1. – Il était temps de devenir écrivain. J'arrivai à Paris sans un sou, comme dans les mauvais romans qui avaient précédé ma naissance indigne. Je dormis, une saison, au centre Beaubourg, où je retrouvai Nathanaël, le gardien de nuit, qui m'autorisa comme jadis à épouser les formes abolies d'un canapé défoncé. La nuit, les livres m'encerclaient de leurs ombres mémorielles, formant un bouquet d'étoiles. J'étais baigné dans ma galaxie favorite : partout des mots, des pensées – toute la poésie du monde. Mille génies alentour, de chaque siècle. Dans un bar mal fréquenté, où seul je me saoulais à l'anis un soir de détresse – aucune femme ne voulait de ma carcasse –, je rencontrai Roger Knobelspiess, ex-lieutenant de Mesrine qui, pour protester contre ses conditions de détention, s'était tranché un doigt depuis sa cellule et l'avait envoyé par la poste au garde des Sceaux. Knobelspiess empestait, racontait mille histoires à dormir debout, mais sa manière d'exagérer son existence, toujours pour le pire, ne manqua pas d'immédiatement me fasciner.

Il portait une chemise écossaise au col douteux et consommait des cigarettes non homologuées que, pour impressionner la désastreuse assistance, il fumait à l'envers à la façon des maquisards. Son crâne pelé, ses taches, ses rougeurs lui conféraient un air de pilier de zinc ; ses pognes à cogner les bœufs me semblèrent deux cailloux. Ce fut lui qui m'aborda, zigzaguant, crachotant des embruns de salive saoule sur mon visage : il me reprocha de le regarder de façon irrespectueuse, me fouettant de mots rugueux avec une agressivité qui me parut récitée. Il possédait, tordu, un nez épais qui reniflait sans cesse. L'ayant reconnu, et déployant, aux fins d'éviter ses coups, de fines remarques sur son destin, dont je connaissais à sa grande joie les lignes directrices, je le fis bifurquer dans son attitude : il décréta que j'étais désormais son « camarade ».

Nous nous saoulâmes. Je mélangeai les alcools, ce qui me fit vomir. « Knob » me demanda où j'habitais. Je répondis : « Nulle part. » Il me proposa de m'héberger ; je refusai. « Je ne vais pas t'enculer ! » éructa-t-il, expectorant un rire sonore et gras qui se termina par un hoquet qu'il eut du mal à révoquer. Les Halles commençaient à se parer d'un bleu métallique ; des flaques de crasse reflétaient la naissance du jour, un jour aujourd'hui perdu à jamais, un jour dont ceux qui se souviennent ne manqueront pas de disparaître bientôt, emportant avec leurs cendres ce qu'ils avaient attendu de « l'avenir », ce réceptacle où s'entassent les leurres des hommes.

Il était un peu plus de cinq heures du matin. L'air était déjà brûlant ; août arrivait. Knobelspiess, dont je n'ai pas encore dit le bleu azurin des yeux, me tendit une clef : celle d'un studio où il s'était terré un temps, propriété d'un « ami d'ami d'ami », sis dans le dixième arrondissement, rue Saint-Maur. Je le remerciai. Il s'éloigna en beuglant, insultant les fantômes qui le visitaient.

Je vis comme un lumineux présage que ledit studio fût proche de la station de métro Goncourt. L'immeuble était vétuste, sis dans la dernière cour d'une enfilade pavée où, ainsi que dans les villes pauvres, pendaient de longs draps blancs. Des petits chiens aboyaient en écho. J'arpentai l'escalier abrupt, parvenant au sixième et ultime étage, le souffle coupé, ruisselant d'une sueur grasse. Je tournai la clef. Je fus saisi par une chaleur de brasier. L'endroit était sordide : la masure renfermait un canapé-lit hémiplégique, une couverture urticante, un cadavre de pigeon, des débris de verre, une casserole sans manche et, sur une table bancale en formica, une boîte d'allumettes vide. Des contrats d'assurance jonchaient le sol collant. Des toilettes – bouchées, d'où s'échappait une odeur pestilentielle – se trouvaient à l'intérieur. Je tentai de tirer la chasse, qui ne fonctionnait plus, et manquai de vomir. J'en aurais pour des jours, des semaines, à rendre dignes ces seize mètres carrés – du moins « possédai »-je un « appartement » dans la capitale. Cela suffit à m'emplir de bonheur.

La première nuit, je dormis comme on campe ; je fus dévoré par les punaises. Mon bras gauche était couvert de morsures. Je me rendis, dès l'ouverture, chez un spécialiste qui, mauvais présage, était *comme par hasard* installé dans ma rue, à une centaine de mètres de « chez moi ». Il m'expliqua, en effet, que son installation dans le quartier était le fruit d'une étude de marché. Il viendrait une première fois dans la journée, une seconde quinze jours plus tard, pratiquer son domestique épandage sur la vermine. En attendant, imitant le Petit Chose, je commençai, assis des heures dans les cafés, à produire l'illusion d'une œuvre, écrivant autant que je lisais. Chez Dostoïevski, chez Stendhal, chez Proust, les hommes me semblaient plus précis, plus nets, plus vivants que dans les rues où s'accumulaient, se mélangeaient, se jouxtaient leurs masses évasives. Dans la « vraie vie », que nombre d'entre nous s'obstinent à désigner ainsi pour assigner à la fiction un rôle subsidiaire, les gens ne possédaient jamais de caractère à proprement parler : au lieu que de se créer eux-mêmes, de se badigeonner de couleurs, d'embrasser la multitude des possibles que leur offraient l'espace et le temps, ils ressassaient jusqu'à leurs vieux os le même rapport au monde, récitaient les mêmes paroles et répétaient les mêmes gestes, se parodiant à l'infini. Ce qu'ils lisaient dans les journaux leur servait d'opinion ; leur opinion, de pensée. Ils donnaient la sensation de se mouvoir dans la glu d'une conscience unique, soustraite à l'aventure. Il était impossible – j'incarnais plus que quiconque cette impossibilité – d'échapper à la médiocrité. J'eusse voulu, à en mourir, m'arracher à la moyenne des hommes, ne point être apparié à cette foule abrutie d'instincts ; je méprisais mon prochain parce qu'il était moi et que j'étais lui.

Chacun, sur les trottoirs, dans le métro, le bus, la queue, les magasins, les bureaux, s'imaginait être différent de tous les autres, eux-mêmes persuadés d'être parfaitement uniques, les personnages principaux de l'aventure humaine. Tous autant qu'ils étaient se voyaient au premier plan, leurs femmes, leurs enfants, leurs amis, les anonymes ne servant que de vaste décor à leur séjour sur la Terre. Je n'échappais pas à cette morbide arrogance : me rehaussant, condamnant ceux qui n'étaient pas moi, convaincu de ma priorité biologique et de ma suprême juridiction, installé dans l'habitacle de mon corps primordial, j'étais supérieur aux plus riches, aux plus forts, aux plus intelligents, aux plus puissants de ces contemporains annexes. Je me plaçai, à l'instar du jeune Sartre, dans la situation d'être un génie, accouchant dans une langue implacable des idées les plus neuves.

Caillette vint me rendre visite quelques jours après mon installation. Il venait de réussir, après un échec cuisant à l'Institut d'études politiques de Paris, un concours administratif de catégorie intermédiaire lui permettant d'intégrer le Quai d'Orsay. Un jour, peut-être, deviendrait-il consul, perspective suffisamment digne pour qu'il ne se fît jamais plus peur lui-même nuitamment, jonglant – comme il en avait eu si souvent l'habitude dans son existence marronnasse – avec l'éventualité d'un suicide par balle. Nous nous rendîmes en pèlerinage, vers deux heures du matin, à la « boutique des Cahiers », rue de la Sorbonne, au numéro 8, en hommage à Charles Péguy. M'agenouillant devant la porte d'entrée, je promis à l'auteur d'*Ève*, bravant le ridicule, d'être remarqué par mon siècle. Ce serait la gloire ou l'abîme – je ferais de ma vie un excitant poison, produisant une œuvre impérissable bien qu'insolite. L'anonymat, surtout (je m'éloignais là de préoccupations strictement littéraires), m'anéantissait chaque jour davantage ; j'avais la sensation qu'une tonne de sable m'écrasait le torse, m'empêchant de respirer.

Caillette entretenait des visées moins spectaculaires – cela l'honorait. Il me laissa monologuer sans ciller, assistant aux éclats de ma mégalomanie. J'en appelais au spectre de Péguy quand, jaillis de la nuit, deux individus à l'accent algérien prononcé vinrent nous chercher noise. Constatant que nous n'avions point peur d'eux – ce qui n'était que partiellement vrai –, le plus râblé des deux, rapide comme un claquement de fouet, planta son couteau dans la jambe droite de mon compagnon de pèlerinage. Caillette, hurlant comme un coyote, s'écroula sur le trottoir, provoquant la fuite de nos agresseurs. Son pantalon de toile, blanc crème, se tacha d'un sang rouge brique. Paniqué, je courus en tous sens aux fins d'interpeller une voiture de police – en vain. Une automobile s'arrêta ; le conducteur transporta Caillette aux urgences de l'hôpital Saint-Louis.

Je le visitai dès le lendemain ; des tubes bleus et verts sortaient de ses narines. Il me demanda un verre d'eau. Il avait perdu beaucoup de sang. Ses jours n'étaient pas en danger. « Ton "cher" Péguy porte bien son nom. Il me coûte cher ! » Je déposai sur sa table de chevet quelques journaux, puis regardai par la fenêtre : des corps arbitraires sortaient, entraient, parfois vêtus de blanc. Les êtres semblaient automatiques ; je m'avisai que, malgré l'illusoire anarchie de leurs déambulations, aucun d'entre eux n'était libre. En bon gidien, j'eusse à mon tour dû me planter un couteau dans la cuisse ; je ne le fis pas. Et rentrai dans mon gourbi.

2. – Paris était une ville sale. Les capitales sont moins lessivées que les provinces. Détritus, papiers, déjections parsemaient les trottoirs. Une odeur d'urine rance et de pots d'échappement, voués à se confondre dans la chaleur, planait sur le décor. Il y avait trop de monde : partout la queue, l'attente – les embouteillages. La cité était encombrée ; l'espace, saturé. Cela créait une asphyxie néfaste à l'équilibre nerveux ; chacun tentait, en borborygmes rentrés ou insultes braillardes, de réprimer ses pulsions de meurtre. Je ne comprenais pas pourquoi, à mon tour, je m'imposais de vivre dans ce cloaque, parmi les excitations, les vociférations – la haine. Qu'allais-je espérer de ce marigot sonore, électrique, d'une grande laideur sous son ciel maussade, où les individus, chaque jour plus individuels, semblaient en permanence à cran ? Me déplaçant en métropolitain, j'étais assassiné par la multitude et ses fragrances ;

ma sensibilité ne pouvait s'accommoder de la douce barbarie du nombre, qui nous agonit, nous consume de son feu.

C'est qu'à force de lectures romantiques, j'avais conclu que seule la capitale, cosmogonie des éditeurs et société des gloires, me permettrait de cesser d'être moi pour devenir quelqu'un.

Il fallait que je m'attelasse à la tâche. Ainsi naquit, sans autre douleur que l'impatience de le voir édité, mon premier roman. Sous un titre alambiqué, je me proposai de dérouler les aventures d'un amoureux transi qui chercherait à séduire, de la prime jeunesse jusqu'à la mort, une fillette rencontrée à l'école. Je m'étais inspiré d'une « histoire vraie » : Irena Domack, que j'avais moi-même accablée de mes attentes excessives, avait été, à Rennes, la proie d'un jeune éberlué originaire de la Martinique : Nestor Boniface.

Ne trouvant point mon style, je les enfilai tous, mêlant la voix de Giono à celle de Tolstoï, chassant les effets de Gombrowicz par ceux de Camus. Dès qu'à travers ma plume Gide apparaissait, Joyce aussitôt venait lui barrer la route. Ce n'était plus un roman, mais une course de relais. J'incarnais tous mes maîtres à la fois, les mélangeant dans mon shaker. N'être que Morand, ou seulement Kafka, m'apparut limitatif. C'est tous les tombeaux que j'entendais piller. Il suffirait de me parer de leurs bijoux, me gobergeant de ces trésors indûment récupérés, pour briller dans le ciel gris pigeon de la ville sale. J'avais lu mes héros de si près qu'à présent, chirurgien raffiné de leurs manies, contempteur avisé de leurs tics, j'allais pouvoir, après des milliers d'heures de dissections nocturnes au centre Pompidou, m'inoculer leur génie dans les veines et respirer par leurs bronches. Une naïve métaphore pour illustrer ce patchwork serait celle d'un enfant déguisé à la fois en Indien, en cow-boy, en Superman, en docteur, en bandit, en gendarme, en vampire, en Zorro – en pompier.

La rédaction des premières pages fut gâchée par l'état d'accablante solitude dans laquelle je me trouvais. Cet isolement, non choisi, était à devenir fou. Il s'agissait aussi de gagner ma vie ; je n'avais plus rien. J'allai trouver Nathalie Legendre, la directrice du personnel de Norwich Union, où j'avais effectué un stage dans le cadre de ma scolarité à l'École supérieure de commerce de Reims. Nathalie, qui fumait cigarette sur cigarette avec une désuète élégance, incarnait à la perfection la « femme de trente ans » ; je l'eusse volontiers mise dans mon lit. Des cheveux touffus, jaunes, à reflets cuivrés, pareils aux vagues lorsqu'au crépuscule la mer avale le soleil, qui descendaient bas sur la nuque et donnaient l'envie d'être empoignés. Elle possédait aussi – sa présence est nette dans ma mémoire tant j'ai si souvent convoqué cette créature dans l'arrogante frénésie de mes saccades – des yeux gris-bleu, ouverts comme une paume qui s'offre, de grands cils, un front de satin. Ses seins, mouchetés de confettis et lourds d'eau de coco, semblaient faits pour êtres bus. Elle les laissait volontiers entrevoir ; on apercevait la dentelle de son soutien-gorge, dont elle faisait parfois claquer la bretelle pour réajuster sa mise. Elle était fraîche et belle et gaie. Elle remplissait le mois de mai à elle seule.

Nathalie Legendre avait aimé chez moi, lors de l'entretien de motivation, mon vif intérêt pour Marcel Proust, dont l'œuvre avait « modifié son existence ». Sur son bureau, l'auteur de la *Recherche* posait dans une position de félin, sa tête entre sa main, moustache noire et lustrée, front bombé. Je lui expliquai sans ambages que, sortant de l'armée, je devais gagner ma vie – elle ne put me promettre que des tâches subalternes que j'acceptai en souriant. Il s'agissait de contacter par téléphone des vieillards non encore complètement morts afin de leur vanter les différentes formules, toutes plus intéressantes les unes que les autres, permettant le bon déroulement de leurs obsèques. Je faisais, pour dire les choses simplement, office de croque-mort.

Norwich Union considérait qu'à partir de soixante ans, l'homme est susceptible d'entrer dans la carrière de cadavre. J'expliquais à tel interlocuteur, par des formules à l'efficacité testée, que la loi fatale de l'existence, qui jusque-là l'avait épargné, ne manquerait bientôt pas de le visiter tout à trac. Les réactions, d'abord hostiles, s'apaisaient face à mes calmes arguments : prévoir n'était pas la mort, la mort n'était pas un drame. Surtout lorsqu'on avait pris la précaution, avant que de tirer sa révérence, de contracter la toute nouvelle convention-obsèques proposée par nos services ; un produit qui, s'il n'empêchait pas de finir la bouche pleine de terre, présentait l'avantage de rejoindre les lombrics l'esprit tranquille.

Mes « collègues » ne virent pas ma présence en ces lieux d'un très bon œil : j'avais été un stagiaire lamentable, lisant Léon Bloy au lieu de travailler sur mes listings. De Bloy, je ne possédais pas le génie, hormis celui de me retrouver sans un centime. Je me voyais déjà en larmes dans la sacristie de Notre-Dame-de-Lorette, à deux pas du siège de la Norwich sis rue de Châteaudun, pris dans l'odeur d'encens, à réclamer de la Très Douce Vierge un sursis.

Je décidai de séduire Nathalie Legendre ; mal m'en prit. Outre qu'elle ne fut pas intéressée, elle en parla à son « compagnon » (mot balourd et claudiquant), Serge Colibri qui, bien qu'enserré pour la durée de son séjour terrestre dans un risible patronyme, ne rit point. Un soir, à la sortie des bureaux, Colibri m'attendit ; il me proposa d'aller « boire un café ». Ce n'était pas tant une invitation qu'une sommation. Je tentai de refuser lorsque je sentis un étau d'acier contraindre mon avant-bras – un colosse chauve à la moustache revêche avait accompagné le jaloux. Je les suivis sans mot dire. Tandis que je faisais face au Grand Café à Colibri, son lieutenant, resté dehors et debout, surveillait l'entretien, l'œil noir et précis.

« Je n'ai pas l'air, comme ça, mais je suis un cramé de la tête », commença le « compagnon ». Il possédait une cicatrice au menton qui dessinait deux fesses. Ses yeux minuscules, grossis par ses lunettes comme les microscopes agrandissent les gamètes, étaient légèrement bridés, en canif, et s'enfonçaient dans la chair comme des vermisseaux dans un bloc de gélatine. Ses lèvres étaient mesquines ainsi qu'il en va chez les ennemis de la volupté.

Je crânai, arguant qu'en tant que lieutenant des Troupes de Marine, j'en avais vu d'autres et que, bénéficiant – formidable mensonge – de relations « haut placées », je ne m'en laisserais point conter. « Très bien, lâcha Colibri. À bientôt. Bonne soirée. » Il partit sans régler les consommations. Je paniquai.

J'allai trouver Nathalie Legendre, qui refusa de me recevoir. Sur le chemin du commissariat, une autre idée me vint ; j'appelai depuis une cabine publique mon « ami » Knobelspiess. Je laissai un message sur son répondeur.

Knob me rappela au bureau le lendemain matin. Il proposa de m'emmener déjeuner afin que je lui racontasse les détails de l'histoire. Je m'exécutai, le provoquant, n'ayant de cesse qu'il me vengeât. Je pris peur : et s'il butait Colibri ? Je ne connaissais pas Knobelspiess, après tout. Nous n'avions fait qu'abusivement boire un soir de réciproque déroute. Quand je le vis s'énerver, soufflant comme un yak et proférant des incantations de lui seul connues, je tentai de le faire reculer. Mais la bille roulait sur son plan incliné, sans frottement dans son repère galiléen : plus rien n'arrêterait ce vieux routier de la délinquance. Colibri, qui m'avait terrorisé la veille, ne m'apparaissait plus que comme l'oisillon de son patronyme dans mon poing ; serrant un peu, je le tuais.

Quelques jours plus tard, Colibri m'envoyait une lettre d'excuses. Il y avait eu, à l'en croire, un « malentendu » ; tout allait « rentrer dans l'ordre ». J'étais un « garçon honnête » ; il avait « mal interprété » un inoffensif déjeuner entre la femme de sa vie et moi-même. Knob avait retrouvé Colibri (il était concessionnaire de moto avenue de la Grande Armée), l'avait filé, attendu chez lui, déshabillé, le menaçant d'un Beretta, l'avait enfermé dans le coffre de sa R21, modèle 1986, puis fait trois tours de périphérique à grande allure. Le vendeur de motos avait hurlé, tambouriné, supplié. Knob l'avait libéré quai d'Ivry, sur les docks, non sans lui avoir administré un « bon coup de pied dans les roubignoles ». Colibri, nu comme un ver, avait détalé comme un damné. Au téléphone, le lendemain de l'escapade nocturne, Knob me lança, la voix enrouée, bravache : « Il n'y a qu'un cramé de la tête à Paris. Et c'est moi. »

3. – Les années Mitterrand s'avachissaient. Le président de la République, le teint parcheminеux, avançait dans les jours à la façon d'une momie, millimétrique et pétrifié, le pas essoufflé, la figure transparente. Il allait de nausée en nausée. Ses mots, distillés par une haleine de mort, signaient une pensée arrêtée. La lumière baissait dans Mitterrand. L'État, représenté par ce fragment d'homme, autrefois légitime par le pouvoir de son seul verbe et maintenant acculé à regarder en face le gouffre sans fond de la tombe, s'enlisait dans une politique yougoslave douteuse. La « Yougoslavie » avait été un pays fabriqué de toutes pièces par les caprices des vainqueurs de la guerre ; c'était un agglomérat malade de peuples distincts, n'ayant ni langue, ni culture, ni religion en commun. Les Serbes s'étaient opposés à l'éclatement, voulu par la Croatie et la Slovénie, de cette entité artificielle qu'ils dominaient par leur

nombre. Ils propageaient la terreur sur les territoires qu'ils convoitaient, massacraient les ethnies croates et musulmanes qui y étaient installées. Ils rasaient les villages et opéraient une serbification de l'espace en violant les femmes.

Cela laissait Caillette de marbre. Les événements du monde ne l'intéressaient pas. Il était convenu qu'il passerait sa vie à se courber en direction de son nombril, surveillant ses rhumes et soignant sa personne, imperméable aux tumultes du dehors. C'était un être adiabatique. Rien ne devait entrer dans sa personne, qui eût pu le perturber ; rien ne devait en sortir non plus. Cette tare, plus partagée qu'on ne le croit, peut se traduire par ce mot : radinerie. La radinerie est davantage qu'un défaut : c'est une métaphysique. Elle configure le monde, propose une morale, trace une esthétique.

Caillette, seigneur des radins, ne supportait point de se répandre. Suer était faire don de sa sueur, et lui semblait inadmissible. Uriner, déféquer, trahissaient une propension à faire sortir de soi quelque chose qui y eût dû demeurer. Dépenser, se dépenser auguraient en lui de solides cauchemars. Son royaume était celui de la rétention, de l'agglomération, de la collection – de l'accumulation. Il ne jetait pas les journaux, mais les conservait. Il vivait, boulevard de

Belleville, dans une masure au rez-de-chaussée, parmi les chats pisseux, dormant sur une banquette de DS éventrée, se nourrissant exclusivement de pâtes sans beurre et de cacahuètes salées. S'étant avisé de la présence, à la Norwich Union, d'une machine à café dotée de lait en poudre, il passait régulièrement me saluer, mélangeant quelques gouttes d'expresso à ladite poudre afin d'obtenir une pâte écœurante et mastoc, parfaitement indigeste, qui présentait l'avantage de lui « caler le bide jusqu'au soir ».

Caillette venait aussi visiter mon étage, slalomant entre les bureaux pour récupérer des magazines, le plus souvent de télévision, alors qu'il ne possédait point de poste. Il les enfournait dans un sac en plastique d'hypermarché. Au Quai d'Orsay, lorsque des examens, des concours, étaient organisés, il récupérait les bouteilles de soda, les paquets de fruits secs, de chips, d'amandes, de pistaches pour aller les dévorer, une fois les candidats partis, dans le local technique, la remise à balais ou les sanitaires.

Il me proposa quelque soir d'aller dîner. Chose étonnante chez un homme qui, au restaurant, simulait des malaises pour qu'on ne le mît pas à contribution au fatidique instant de l'addition. Il avait détecté, me confessa-t-il, un « lieu magique », situé rue de Buci. Cet endroit rêvé n'était ni plus ni moins qu'un restaurant dit « à volonté » ; les clients pouvaient, sans mesure et à l'envi, consommer tout ce que leurs yeux voyaient. Je l'accompagnai, le moral ruiné par Dieu sait quelle mauvaise nouvelle venue des femmes – les femmes semblaient nées pour m'éviter, se jetant dans les bras de quiconque n'était pas moi ; j'en arrivai à ne pas comprendre comment les couples se formaient : les gens se rencontraient loin de moi, avec une science dont j'ignorais tout. Les êtres se séduisaient les uns les autres, toujours à mon insu, à mes dépens.

J'étais l'exclu par excellence ; j'eusse aimé m'en plaindre, mais nul ne prenait ma détresse au sérieux. Les filles remplissaient les rues, frivoles, gaies, promptes à faire l'amour, j'étais jeune, d'une physionomie convenable, je n'avais plus qu'à me jeter à l'eau. Mais telle était ma tare : la lâcheté. Aborder une fille m'était un Everest. Aussitôt que j'approchais d'une créature, un nœud se formait dans ma gorge – je balbutiais, devenais agressif à mesure que je construisais mon échec. Pressé d'exposer mes qualités d'une seule traite, de faire passer en contrebande l'étendue, au demeurant dérisoire, de ma culture (celle-ci se bornait aux biographies de Gide et de Péguy), j'anéantissais toute chance de pouvoir plaire. Les femmes étaient semblables, dans mon esprit, à un examen. C'est en candidat que je les appréhendais.

Le restaurant s'intitulait « Le Buci ». Il proposait de multiples formules. Caillette choisit l'option maximale, celle qui donnait accès à tous les mets disponibles. « J'ai le trac », me lança-t-il l'œil brillant, pareil à ces coyotes de cartoon qui se lèchent les babines en sursalivant. « Comment ça ? » demandai-je. Sa réponse, gourmande, lui conféra l'allure d'un enfant malicieux : « Dans la perspective de cette soirée, je me suis préparé. » Cette « préparation » avait consisté à jeûner pendant trois jours afin de profiter pleinement des réjouissances affichées. Caillette se rua pour commencer sur les huîtres, puis afficha un sourire d'extrême satisfaction. D'un petit sac à dos dont il s'était muni, il sortit, lançant des regards furtifs de gauche et de droite, un Tupperware arrondi. Il y engouffra une vingtaine d'exemplaires du mollusque, débarrassés de leur coquille. Il rangea le récipient et commanda deux nouvelles douzaines. Le serveur fut surpris par cette cadence. Les coquilles gisaient, vides, dans son assiette, tandis que leur contenu était intégralement tapi dans ce sac qui, tout à l'heure, reprendrait le métro avec lui.

Arriva la dégustation des viandes. Caillette afficha un appétit sans limite. Il engouffrait sans mot dire, croquant les os comme un cabot famélique. Son cirque recommença : il commanda la même dose, remplit ses récipients de plastique de quantité d'aliments. « J'ai dépassé la barre de la rentabilité, là. Non ? » Je fixais Caillette, triste de le voir s'enfoncer dans ses abus avec la volupté du chat qu'on caresse. « Je viens de franchir le cap de la gratuité. J'entre dans le gratuit. Je prie pour que mon appétit ne fléchisse pas. Quel gâchis ça serait. N'y pensons pas. » Il s'abîma enfin dans les desserts, qu'il multiplia. Éclairs, meringues, parts de tarte rejoignirent les bas-fonds de son havresac. « Il faut faire des réserves dans la vie », tenta-t-il de se justifier en vidant, cul sec, son reste de piquette. « Ma mission est accomplie », conclut-il, repu, satisfait – heureux.

Dans la nuit, Caillette fit un malaise ; on diagnostiqua une occlusion intestinale. Réveillé à trois heures du matin par Garabédian, à qui Caillette avait demandé d'appeler les secours, je m'installai à mon bureau pour « écrire ». Le seul métier qui vaille est celui qui permet aux mots de se frayer un passage dans les hommes. Je restai devant ma feuille. Des bruits d'ébats perforaient la cloison du studio. Une femme hurlait. Je me demandais ce que le voisin pouvait bien lui faire. Je ne pus m'empêcher, épousant le rythme proposé, de m'unir à leur extase. J'atteignis avant eux la volupté. Demain, je découvrirais les gueules de ces compagnons de moche félicité.

J'allais passer ma vie à lire Proust et Suarès au lieu que de me frotter au ventre des femmes. Reims allait recommencer à Paris, en plus grand, en plus désolant. Je craignais pour ma vie ; on ne saurait éternellement survivre à la frustration. La chair m'obsédait. Je n'étais plus puceau, mais n'avais fait l'amour que deux fois – à Orléans. Dès que je cessais d'écrire, de rêver à mon livre achevé, aux éditeurs, à la gloire, j'étais livré à la mort. Parfois, mon roman cessait de m'intéresser. Seule l'amitié me maintenait en vie.

Vers cinq heures du matin, je sortis de mon taudis, allai acheter des croissants que j'apportai à Nathanaël. Je dormis sur le vieux canapé jusqu'à l'ouverture de Beaubourg. Je lus, avant de sortir, quelques pages de l'Apocalypse de saint Jean. J'errai dans la ville. L'épuration ethnique en Yougoslavie atteignait des sommets de barbarie. Je m'endormis sur un banc du square Montholon. Je fus réveillé par la main d'un clochard qui me caressait les cheveux.

4. – Garabédian, qui continuait d'approfondir l'œuvre de Wilhelm Reich à travers des cellules d'études et de réflexions réservées à un cercle plutôt restreint, avait rédigé à l'armée une navrante petite plaquette sur sa vie. Il mélangeait sans structure des poèmes abstrus et des analyses poussives sur la notion de « respiration métaphysique », de « rythme cardiaque transcendantal » et de « Gestalt alternative ». Puis il rappelait ses origines, en un hymne coloré à l'Arménie, où il espérait retourner dans ses vieux jours pour y mourir en priant. Il aspirait à un « silence du corps », calqué sur celui des mots, des sons, où la biologie devait s'abstraire dans un néant total. Des citations de Lou Reed, de Bob Dylan, de David Bowie venaient souligner ces thèses têtues.

Il s'était mis en ménage avec un dénommé Jeff, transsexuel en attente d'opération. Jeff avait opté devenu femme pour le prénom de « Gerda ». Le couple vivait non loin du Trocadéro, rue Scheffer, dans un appartement modeste où ils me convièrent un samedi à déjeuner. De l'encens brûlait. On respirait mal. Les parfums, mélangés d'olive et de safran, de cannelle et de camphre, portaient au cœur.

Jeff était un homme accoutré en femme, la barbe drue rasée au plus près qu'il le pût, la mâchoire proéminente, la carcasse musculeuse. Son cou était fort ; ses épaules, larges. Les bras, épais et longs. Il arborait une perruque auburn, de mauvaise qualité, qu'il ajustait sans arrêt. Il portait deux colliers superposés : l'un, de breloques, à perles obèses semblables à celles qui pendent à la nuque fripée des diseuses de bonne aventure ; l'autre, d'opalines et marcassites. Je notai, à sa chemise échancrée, une grande broche – factice – de corsage en brillants, formée de trois églantines. À ses oreilles, un peu décollées, des boucles pendeloques de couleur rose. À la main droite, une bague de forme indienne, imitée du saphir ; à la main gauche, une bague marquise carrée à fond noir. Voilà.

Nous évoquâmes Wilhelm Reich, que je n'avais pas lu. Jeff me confia que ce fut pour lui une révélation, qu'il la devait à Julien. Le couple, m'expliqua-t-il le regard pétillant en continuant de jouer avec sa perruque comme si elle le gênait, s'était consacré pendant des mois (Garabédian acquiesçait selon son habitude par de bégayantes onomatopées) à « l'orgasmothérapie ». « Le recours à l'orgone a le pouvoir de guérir le monde de tous ses maux. Cancers sociaux, tumeurs économiques, métastases politiques. Il faut soigner la société avant de guérir les corps. Dans un monde assaini, les êtres deviendront mécaniquement sains. Seul l'orgasme, fréquemment obtenu, peut nous laver de nos tares et nous alléger de nos alluvions perverses. »

Ils évoquèrent leur mariage, me demandant d'en être le témoin – j'acceptai. Nous allâmes nous promener dans les rues du seizième arrondissement, cimetière pour les vivants. Les passants jetaient des regards hostiles à Jeff et Garabédian, allant main dans la main. Je me trouvais bien en leur compagnie. Ce qui m'agréait dans cet attelage révulsant les conventions, c'était de participer à une réalité dérangeante, une épopée inédite – un dérèglement social. Je n'étais moi-même rien d'autre qu'un marginal, susceptible de devenir clochard notoire ou écrivain célèbre ou les deux. Le clochard comme l'écrivain sont voués aux gémonies : ils font vaciller les codes, provoquent la gêne, perturbent les conforts. Ils incarnent une certaine proximité avec la mort ; les premiers la vivent, les seconds la disent. Tous deux la regardent.

Le couple s'embrassait – s'enlaçait. C'étaient des amoureux de la fin du vingtième siècle. Une pluie drue commença de tomber. La perruque de Jeff se mit à ressembler à un petit écureuil trempé. Nous entrâmes dans une brasserie. Tout le monde gloussa sur notre passage. Nous commandâmes des sodas. Garabédian lançait des regards d'enfant à Jeff, Jeff rassurait Garabédian. Ils paraissaient heureux. Dans un nuage de fumée de cigarettes, ils se promettaient de subir la vie ensemble, d'en partager les aurores, d'en affronter la guerre. Les regards fusaient dans leur direction.

Ils se serreraient l'un contre l'autre dans les vapeurs d'encens. Ils fuiraient les concepts et les idées. Ils feraient pousser des tomates sur leur balcon, prendraient grand soin de ne point oublier la pincée de coriandre dans leurs salades lustrées d'huile d'olive. Ils s'abstiendraient de promettre des choses trop vastes. Ils s'en tiendraient à s'échanger des mots tendres. Ils tenteraient de ne jamais être rattrapés par la réalité, où se bousculent les ennuis, les maladies – les crimes. Ils mèneraient, clos sur eux-mêmes, une vie égoïste, surveillant leurs angoisses et passant une partie du jour à fabriquer des nuits sans cauchemar. Ils chercheraient à provoquer leur oubli, à produire le plus d'effacement possible – à vivre sans exister.

Garabédian avait trouvé un emploi à la bibliothèque municipale du seizième arrondissement ; il rangeait les ouvrages. Jeff travaillait « à la maison », comme traducteur d'anglais – il s'agissait d'« anglais économique ». Il eut soudain envie de fruits de mer ; nous choisîmes un plateau trop cher pour nous. Je regardai Jeff dévorer ses crabes avec voracité, aspirant leur sève à grands bruits, tandis que s'écoulait une bave blanchâtre. À l'aide d'un casse-noix, s'essuyant la bouche avec le revers de la main, il concassait les pinces pour les sucer. Du jus jaillissait. On entendait des craquements, des lèchements – des giclements. Les coques, pattes, abdomens tombaient dans l'assiette en produisant un tintement d'obole.

Quelques semaines plus tard, arpentant les rues du seizième arrondissement ravagé par une crise de mélancolie, je revis Jeff. Un homme venait de le pousser de l'arrière d'un taxi avec une violence extrême et l'avait roué de coups de pied. Jeff s'était tenu le ventre, la tête, sa perruque roulant dans le ruisseau. Il était une heure du matin. Je n'intervins pas, tant par lâcheté que pour ne pas exposer l'amour de Garabédian à l'humiliation d'avoir été surpris. Jeff hurlait, crachant du sang. D'une cabine téléphonique, j'appelai les secours, puis m'éloignai, nauséeux. Sur le chemin du retour – j'étais très loin de la rue Saint-Maur, il me faudrait marcher une heure pour regagner mon studio – je me récitai de l'Apollinaire.

Une chanson d'amour et d'infidélité
Qui parle d'une bague et d'un cœur que l'on brise

Le lendemain, ayant mal dormi, j'appelai Garabédian. Je lui demandai, avec une naïveté feinte, si « tout allait bien ». « Parfaitement, pourquoi ? » Son ton était brisé. Il mentait. Il ne me parla jamais de cet épisode, ni des activités nocturnes de son amant, qui deviendrait sa maîtresse. L'amour de Garabédian pour Jeff ressemblait à toutes les histoires d'amour : il assassinait gentiment le bonheur, l'empoisonnait calmement. Garabédian y puisait autant de larmes que de joie ; il s'y déchirait le cœur et s'y abîmait la carcasse. Il s'y abandonnait de manière splendide parce qu'il craignait de finir seul. Il était d'un égoïsme suprême, et l'amour, extraordinaire invention, lui donnait la sensation du contraire. Il travestissait l'usure des jours et la douleur d'être en sentiments humains. L'encens, enveloppant la petite chambre enroulée à l'intérieur d'un abricot sucré, soustrayait ce bonheur bègue aux crispations du monde. Garabédian, retenant souvent des larmes enfantines, tentait de s'arracher à l'écoulement du temps. Blotti dans son passé, recouvert d'oubli, étirant chaque minute pour la vivre enfin, il donnerait son cœur neuf à cet homme à perruque, dont aucun futur ne viendrait ronger la chair blanche comme un sorbet au citron.

5. – Le soir frottait sa chemise sale contre la brique des immeubles haussmanniens. La nuit qui tombait était pleine de griffes et chargée de chagrins. Elle possédait des relents de vieille mort. Que faire dans la ville éteinte ? Dans quelle veulerie s'installer, dans quelle chimère s'enfoncer ? Je m'ennuyais. Je sortis du métro Châtelet, sans aucune fille à aimer pour m'empoisonner la tête : j'avais toujours aimé les femmes de loin. Je passais au large des femmes ainsi qu'on passe au large d'une île. J'étais emmuré. Je ne vivais pas la vie : j'en enfilais les instants, usurpant ma présence ici-bas, quand d'autres, non nés, en eussent mieux profité, en eussent goûté les douceurs, maté les drames, sucé les sucres.

J'allai au hasard dans ce quartier dégoûtant, portant mon livre en moi, me le récitant tandis que j'avais du mal à l'écrire – je ne me reconnaissais pas en ces pages moins profondes que prévu, alambiquées et par conséquent ordinaires.

Je rentrai dans une cahute minuscule et grasse, souillée de friture, lipideuse, suintant la sueur, le graillon, le mouton cancéreux ; on y faisait étalage de tumeurs. Je commandai un kebab dégoulinant de lard, calciné, qu'on agrémenta de frites. Toute cette mauvaise viande pétillait dans une lave morbide, défigurée par de longs couteaux de film d'horreur qui brillaient comme des ventres de truites. L'équarrisseur, maculé de sauce crépusculaire, tranchait, pleurant des larmes d'huile, des quarterons de viande carbonisée en essuyant ses aisselles rissolantes à l'aide d'un chiffon loqueteux. Il produisait avec ses grosses mains plates des vibrations dans les selles de barbaque noire.

Je ne me nourrissais alors que de ces tranches de morts retrempées dans le bain de leurs graisses, gisant telles des chairs échouées, finement entrelardées par ces lames mozarabes conçues pour égorger. J'engouffrais ces portions morbides, bouffies de larmes surcuites, grillées jusqu'au supplice et jaillies de leur bain volcanique. Les frites étaient « offertes » ; le serveur avait fini par m'avoir à la bonne. Se doutait-il qu'avec ses vénéneux tronçons de côtelettes il nous expédiait tout droit sous les impassibles dalles d'une stèle ? J'avais vaguement conscience de me suicider ; il s'agissait de remplir le ventre torturé d'un esprit torturé. Cette période de vache maigre fut celle du mouton gras.

Les heures étaient promptes et dures, prélevées sur cette douceur à laquelle j'avais sans doute droit, mais dont j'ignorais le chemin. Les gens que je croisais savaient où aller et que faire, tandis que j'errais, employant mon temps tout entier à me transposer d'une rue à une autre, multipliant ma silhouette au hasard. J'avais souvent envie de pleurer. J'étais incapable de m'occuper en dehors de ce roman sans avenir, qui parlait de la seule chose qui intéresse la littérature et dont j'ignorais tout : l'amour.

À Beaubourg, on présentait une rétrospective Fassbinder. Le froid tombait doucement ; j'entrai. Dès la première image, je fus transpercé : ce cinéma outré, dangereux, où Dieu se cachait sous le visage allemand de la vermine, rempli de trébuchements, de fractures, d'ordures et d'azur profond, me rendit heureux. Tout, à l'écran, explosait ; chaque plan paraissait inattendu, et l'était. Fassbinder, loin des fadaises anorexiques et du sempiternel film d'auteur maladif et précieux, prudent, cauteleux, entendait dire le chaos. C'était Stravinsky, c'était Ayler, c'était Balzac. Rainer Werner Fassbinder parvenait depuis la crête d'un Vésuve en colère à contraindre l'Allemagne de se regarder dans le miroir. Elle était restituée par brusques étreintes, son pus giclait ; on en transperçait le beurre, on en pénétrait la texture rissolante, comme la lame le mouton hallal de mon boui-boui. Fassbinder rentrait dans le lard post-nazi. La lumière de ses films, pigmentée de jaune pisseux, dévoilait des visages d'éthanol, de dépressifs à pâleur de vitrail, d'ouvriers blousés, d'Arabes et de fripouilles, de crapules homos, de travestis prolos, de détraqués, de pervers extraordinaires, de relavures bourgeoises – de patrons incestueux.

Dans cette galaxie de gueules schleues, à Munich sous la pluie raide, à Berlin dans les ruelles bréneuses, à Düsseldorf aux pissotières, dans ce chiendent d'après guerre saturé de crustacés humains, je me sentis chez moi. Perdu chez les paumés, bras et jambes écartés, en étoile de mer, je flottai sur un ciel sans étoile. Cinéma d'hématomes. Je finis par habiter dans *L'Année des treize lunes*, *Le Rôti de Satan*, *Roulette chinoise*.

Un soir, les joues giflées par la bière et les tempes battant tambour, je manquai de m'écrouler : devant moi, rue Galande, de l'autre côté de la vitre d'un restaurant – où elle dînait avec un chauve à la peau squameuse – se trouvait l'héroïne de *Roulette chinoise*. Anna Karina portait un chapeau noir agrémenté d'une plume de paon, un foulard crème, une veste d'homme trop large semblable à celle d'un clown. Je ne la quittai pas des yeux. J'étais pétrifié. Lorsqu'elle riait, elle lançait ses yeux vers le ciel. Ils retombaient ensuite dans leur orbite comme deux balles tristes couleur de bonbons mentholés. J'eusse voulu lui parler, proposant mes services pour toute la vie, dans le rôle de la carpette. J'allais m'obérer du monde où j'avais tant souffert pour devenir son paillasson, qu'elle essuie, frotte, racle ses pieds de fée, ses bottines, ses chaussons de danse, sur mon visage aplati ; je lécherais sa boue, confondu avec les poils de ses tapis, lâchant de longs soupirs. Allongé sous ses pas, pour trois francs par jour, je laisserais flotter mon regard vers son menton, ses fesses, sa culotte, son plafond. Sentir son talon m'écraser, l'attendre dans le couloir glacé des hivers, dans la noire nuit de ses sommeils, la porte close, gardant son appartement comme un bouledogue asservi, jaloux, méchant, éraflé, usé, ravaudé – comblé.

Ses grands yeux maquillés, chatouillés par le cuivre dédoré d'un lampadaire qui pigmentait d'orange frémissant sa pâleur d'os et de cire, lui donnaient l'allure d'un cierge mâtiné de chat. Son sourire, triste comme la convalescence des petites filles, dévorait son visage. Elle ressemblait à de l'aube. Elle paraissait infiniment malheureuse, surtout quand elle riait. Je ne bougeai pas ; je craignais qu'elle me vît, en même temps que je l'espérais. Que lui dire, si jamais je l'approchais ? Comment me forer jusqu'à elle un passage ? Je n'étais qu'un perdant sous la nuit. Allez, j'irais lui vanter mon avenir, lui révéler l'œuvre imminente, faire s'abattre sur elle les premières foudres de mon génie – de génie, je ne possédais que celui d'être humilié. Sans compter que je puais ; il eût fallu que je me désinfectasse avant que de l'aimer. J'étais foireux, flou – douteux. Le chauve, invincible, l'accaparait ; elle semblait n'avoir d'yeux que pour lui – je sentis mon espérance sortir une lame et se perforer le nombril. Se fût-elle retournée, même fugacement, dans ma direction désolée, que j'en eusse profité pour la relier à mon existence, pour tisser entre elle et moi le fil invisible d'une étoile filante.

Je sentis poindre une aigreur de vinaigre ; je priai pour que souffrît mon prochain, qu'immédiatement des malheureux se fissent quitter, se roulant par terre sur le sol dégueulasse, crevant des sacs de larmes – ces larmes iraient saler les fangeuses flaques du bitume parisien. J'appelai à la distribution générale des détresses, à une déflagration de douleurs ; que tous les amours contemporains de ma tristesse se tassassent, se mourussent, suffoquassent, se noyassent dans le chagrin et pourrissent dans le dégoût. J'étais une vermine, un incapable – un être de vengeance et de passé, contraint de penser à des choses laides. Mon idéal de survie était de désespérer les gens heureux. Je me donnerais beaucoup de mal à faire du mal.

Mon ventre émit des borborygmes. Je ressentis un froid intense, comme des glaçons dans mes veines. C'était le kebab qui ricanait dans mes tripes. Je le vomis sur les quais de Seine. Sous le poids effrayant de cette nuit d'étoiles fades, élimées par les aveuglants lumignons de la capitale, je rentrai rue Saint-Maur à pied. En chemin, j'insultai un chien.

6. – Le soleil possédait une texture de blanc d'œuf. Le ciel ressemblait à un morceau de tôle ondulée. J'arpentais les rues du dixième arrondissement, jusqu'à Belleville, croisant des visages aberrants, des passants munis de grises gueules. Je ne reverrais pas un seul de ces êtres ; nous croisons chaque jour des milliers d'anonymats, fugaces et diffus, aussitôt brouillés dans le souvenir, instantanément déchus, qui donnent le tournis. Il ne reste rien de ces rencontres frottées, fortuites, multipliées, incessamment recommencées. Ces masses en flux permanent, appelées foule, se composaient d'individus dont chacun, pris isolément, s'octroyait le rôle principal, sourd aux altérités, à l'importance de ses semblables. Je n'échappais pas à la règle, désintéressé par tout destin distinct de ma trajectoire. Je bousculais impassible de gros bonshommes et de petites choses, ne butant qu'à la beauté des femmes. Ces femmes venaient d'ailleurs, puis y retournaient, vierges de mes audaces ; je fronçais le sourcil, désespéré – je n'osais *rien*, *jamais*. Des yeux bleus s'envolaient, de fins minois se dissipaient dans la cohue, m'abandonnant pour toujours. Seul avec moi-même, je me recommençais, imbécile. J'inventai en guise d'excuses qu'il s'agissait de les « respecter » ; ce n'était là que le cache-sexe de ma timidité maladive ; j'admirais des jambes en me taisant.

Une fois carapaté dans mon antre, où mes chemises pendaient aux solives comme des spectres mouillés, je me touchais en convoquant dans le désordre les corps entraperçus tout à l'heure. Ma chair les récitait ; malgré mes vingt-cinq ans, je me sentais vieux – j'habitais un temps solide, sans progrès ni progression, une coulée statique, qui paralysait les audaces que m'autorisait mon âge. Je finirais sous ma charpente à écrire des incipit avortés, des moignons de romans. Je n'avais point d'envergure ; je ne valais pas la peine. J'étais clos. Je ne parvenais pas à m'immiscer dans la ronde enchantée de « l'amour ». Je savais que les femmes, davantage que les hommes peut-être, étaient affamées : je restais prisonnier de mes tares, enfermé dans des désespoirs sans issue, courbé sur mon tréteau piqueté, à faire jaillir mon sperme comme de la boue.

Au milieu de la nuit, derrière la cloison frêle, j'entendis de nouveau mon voisin forniquer. Des tonnerres de cris se fracassaient contre la paroi ; je m'accrochai à mon membre, me désintéressant de Péguy, de Proust, et me consacrai à suivre le mouvement. Je m'écroulai ; les premiers rayons du soleil viendraient tantôt me crever les yeux (je ne possédais ni volets, ni stores, ni persiennes). Je regarderais les nuages. Je sortirais marcher dans le jour gras.

L'automne commençait. Des rousseurs scintillaient. Des bosquets rougissaient. La brume, ronde et baissée, enveloppait les aubes. L'air se lamentait ; les choses relevaient de la mort. Les chênes exhibaient leurs bras tordus, leurs aisselles nues. Le soir, une mer noire progressait dans le ciel, fatiguée, pendant aux épaules. Tout affligeait tout. C'était un temps de décombres et de rouille, d'os – d'oscillations. Paris s'enfonçait dans un recommencement – celui des jours sans lumière, de l'ennui de vivre, des attitudes voûtées. Les femmes, souples l'été, se raidissaient dans le froid du soir, s'éparpillant comme des oiseaux maigres. De gros morceaux de brouillard se posaient. Vers midi, le jour reflambait, dardant des lueurs rouquines, tapissant de beurre les parterres. On souffrait çà et là de solitude ; les teints étaient pâles. Le givre dessinait un tapis glacé dans les jardins municipaux, semant des éclats d'étoiles métalliques.

Stéphane Laugier me proposa d'aller au Ruby's, une boîte de nuit fréquentée par des Africaines. Des colons grossiers, au groin rosâtre, s'y autorisaient avec les femmes, leurs mains posées sur des fesses d'ébène bombée, les pires combinaisons. Des Togolaises, des Nigériennes, des Sénégalaises se trémoussaient devant des miroirs sous le feu gelé des lasers. Leurs culs, jaillissant de lingeries dépassant de jean's, semblaient des boules de volcan ; ils triomphaient, boudinés et busqués, irrésistibles, riches d'embruns, de senteurs de vendanges, d'horizons salés. Leurs perruques, plus belles que des cheveux, ondoyaient dans ces ténèbres enzoukées ; saturé de sueur, de décibels, de désirs brouillons, je vidais des verres de gin tonic pour m'asséner du courage. Laugier voltigeait sur la piste, parmi les courbes et les reins, la frénésie des balancements, les amas bringuebalants, juteux de seins débordant de sève et de musc. Une électrique Camerounaise à cheveux roses et débardeur vert pomme enlaçait mon camarade, frottant sa hanche à son ceinturon – lui, installé en un sourire béat, imbibé d'alcool, se laissait couler dans les ondes, posant des baisers ivres sur les épaules tatouées, le cou musculeux et le décolleté couleur tabac de sa diablesse concentrée sur la vision (réfractée, démultipliée, stroboscopée par cet infini jeu de glaces) de son derrière messianique.

Une main longue et fine passa dans ma nuque – celle d'une créature aux yeux océaniques. Longiligne, elle me sourit. Ses yeux remplis d'avalanches douces me rappelèrent les mers turquoise et la beauté des roches accroupies sous les algues. Les fragments d'incendie prononcés par son regard m'invitaient à toutes les brûlures. Je me levai à son invitation, ravi, et aperçus ma silhouette dans les miroirs, gigotant comme un bananier au grand vent. Elle chaloupait sa beauté, m'offrait des gestes, m'embrassa. Je me remplis, moi qui avais jusque-là passé mon existence à me vider. Nous finîmes chez elle, à Barbès où, pour gagner sa chambre, nous dûmes enjamber les corps parallèles et allongés de ses frères, sœurs, cousins, cousines, parents divers, qui dormaient, ronflaient, maugréaient, se retournaient dans la pénombre. Dans son lit, deux « amies » dormaient – l'une grommela avant de s'en retourner dans son coma – que notre arrivée ne perturba nullement. Nous nous couchâmes tête-bêche avec elles ; nos baisers côtoyèrent la plante de leurs pieds. Majoly – c'était son prénom – se déshabilla doucement, prise d'une légère agitation ; je craignais que les dormeuses ne se réveillassent, mais m'abandonnai dans sa poitrine avant qu'elle ne fît glisser ses lèvres dodues vers mon sexe. Elle déplaça sa tête lentement, faisant croître un sourire sur sa bouche amusée ; je respirais de plus en plus fort. Tandis qu'elle m'aspirait, me vidant de mon suc, je caressais sa poitrine lourde – puis dévorai bientôt son corps entier, la léchant comme une pêche mûre. Je la pénétrai en coupant ma respiration pour ne pas réveiller le dortoir ; elle ahana, le visage éclairé par un des rais des stores qui découpaient la nuit en fines tranches de jambon bleues.

Elle émit des sons, se mordant les lèvres afin de ne pas crier. Je plaquai ma main sur sa bouche ; nous jouîmes en même temps puis nous endormîmes dans la même sueur, dans la même éternité – dans la même vérité. J'avais la sensation d'avoir escaladé le temps, échelé les époques à la vitesse d'une foudre, parvenant jusqu'à la toute-puissance de mon être. M'insinuant en Majoly, lui « faisant l'amour », quelque chose en moi se rangeait, regagnait sa place. J'avais laissé derrière moi la fiction, j'avais traversé les hommes pour parvenir à mon tour à en être un. Majoly mettait fin à une malédiction qui eût pu continuer vingt ans, trente ans – enfin j'étais prêt à vivre, c'est-à-dire à tomber, puisqu'à présent je possédais des ailes. Mon existence – elle se mit à lécher mes tétons, à les mordiller – cessait d'être une succession de trous ; je m'installais dedans, je l'embrassais, la pilotais, la vivais. Elle se remplissait d'eau de mer. J'embrassai Majoly d'une bouche amoureuse, mais elle me demanda de partir et exigea de moi, tout en me désignant sous le sobriquet de « bébé », que je lui fisse un « petit cadeau ».

Je m'insurgeai – mal m'en prit. Majoly commença de râler, réveillant les endormis. J'essayai, à tâtons, de ramasser mes frusques. Déjà deux frères, accourus à triples bonds, se dressaient face à moi : Polycarpe et Lézin. Ils étaient taillés dans le granit, peu joyeux de ce brutal réveil. Je me sentis mollir. Je fis mine de fourgonner dans mes poches ; le visage de la belle danseuse était devenu aussi dur que l'acier. Son regard, d'un reptile, semblait vouloir ma mort. Les vapeurs d'alcool m'embrumaient. Je me précipitai vers la sortie, trébuchant sur des matelas, des enfants, des vieillards. Polycarpe et Lézin tentèrent de me rattraper – je fus le plus rapide. Je dévalai les escaliers à toutes jambes, chutant plusieurs fois. Ma tête tournait. Un goût de terre rouge remuait dans ma bouche ; le monde m'apparut telle une boule minuscule grouillant de cirons et survolée par des millions de mouches – cette terre fleurie, égarée dans un bouquet d'étoiles, bombardée d'ions dans les goudrons infinis de l'espace, j'eusse pu l'avaler, puis la recracher comme un noyau d'abricot. Ou m'étrangler en l'avalant. Qu'on en finisse.

7. – Le président du monde, Bill Clinton, avait l'allure d'un acteur pornographique. Ses joues rosâtres, son sourire hypocrite, son teint de porcinet n'aidaient pas à lui conférer l'importance et la puissance, réelles, qu'il incarnait. George Bush, un homme revêche qu'on eût confondu avec un professeur de dessin industriel ou de comptabilité analytique, avait achevé son mandat dans la décrépitude et le chaos. Les Américains lui avaient craché au visage, se sentant délaissés au profit de pays lointains, de contrées abstraites, de reliquats géopolitiques. Par une aberration dont les historiens du vingtième siècle ne cesseraient de démêler les fils, les Républicains lui avaient renouvelé leur confiance ; il était affublé d'un vice-président insipide, Dan Quayle, que les limbes consumeraient bientôt. Le sourire de Quayle, faux comme le coucher de soleil d'un papier peint de chambrette, le regard de Quayle, creux comme un tronc d'yeuse morte, le faisaient ressembler à un vendeur de machine à laver dans une grande surface trop climatisée.

Bill Clinton, élu à trente-deux ans gouverneur de l'Arkansas, s'était révélé d'une éclatante envergure. Il s'était projeté en Kennedy neuf, rutilant comme le vieux et beau et jeune mort ; il semblait noué dans la viande assassinée de Dallas, glamour comme l'autre, planté au fond de l'autre, le regard plein d'eau bleue. Goutte à goutte, c'était Kennedy qui s'écoulait dans ce costume en de semblables gestes, en de parallèles postures. Jeune, marqué par la trace des dieux. Un morceau de 1960, frais dans ses muscles. Clinton, enfant, avait serré la main de son idole – une photographie en attestait. Passage de relais de chef à chef, d'homme à homme – de bête à bête.

La classe moyenne américaine l'avait choisi ; Clinton devait l'emporter haut la main. La presse n'avait d'yeux que pour ce réformateur autoproclamé, assisté d'Al Gore. La situation internationale sembla rafraîchie par cette élection – elle n'émut point Caillette, engoncé en son être, capitonné dans le cachot de sa personne.

Il passa chez moi, un soir, accompagné d'un louche compère – Didier Leucheux. Râblé, découpé dans un gigot gras, le lascar rebutait par sa façon d'abusivement saliver. Il me fit penser au phacochère.

Sa barbe de trois jours était drue. Il sentait la naphtaline et le tabac froid. Prognathe, le cheveu rare et rabattu sur un crâne plat, il se grattait sans cesse les testicules et remontait son pantalon de jean's démuni de ceinturon.

Leucheux était un être plus radin encore que Caillette, dont il semblait en pingrerie le dieu. Il ne parlait que d'argent, ramassait des bricoles sur les trottoirs, cherchait à récupérer des frusques. Dans un bistro où il se noya dans le pastis, je le vis – ce qui n'étonna pas Caillette – récupérer, en revenant sur ses pas, le malheureux pourboire de vingt centimes que j'avais déposé sur la table. Leucheux travaillait chez Darty, au rayon électroménager ; il était célibataire et entretenait une acrimonie envers la gent féminine. Aucune fille ne souhaitait partager son lit. Caillette et lui étaient devenus inséparables ; ils se connaissaient de l'armée, s'étaient perdus, puis retrouvés par hasard dans le métro à la station Buzenval. Leucheux vouait une passion adolescente pour Christopher Cross et Madonna.

Il avait eu à Romorantin, dont il était originaire, une fille naturelle – cela l'avait fait fuir à toutes jambes vers la capitale. Comme Caillette, il entassait dans sa chambre aux relents d'égouts, d'eau sale et de clapotis merdeux des centaines de journaux, de prospectus, de dépliants publicitaires, de magazines offerts dans les avions ou les trains. Il se nourrissait de raviolis froids qu'il attrapait de ses mains mafflues directement dans la boîte de conserve. Le côtoyer représentait une humiliation supplémentaire dans ma biographie. De temps en temps, avachi sur son canapé où circulaient des cafards aux dos brillants comme l'asphalte, il prélevait sur la plante de ses pieds dodus des lambeaux de chair morte qu'il mâchonnait avant que de les avaler.

Sans raison, aiguillé par l'ennui, je passais avec Caillette et Leucheux des nuits à discuter de sujets sans intérêt – nous ne possédions rien d'autre que du temps, de la solitude et de la nuit. De longs silences s'affaissaient sur nous ; nous étions préoccupés de boire de longs sirops alcoolisés, de la prune, de l'anis – du rhum.

Je fus saisi, lors d'une de ces soirées monotones et lugubres – j'avais proposé que nous écoutions du Liszt, mais Caillette avait insisté pour que nous consacrions la nuit à Bartók –, par l'étendue de ma bêtise. La bêtise n'est pas le contraire de l'intelligence, elle en est l'envers ; à une intelligence donnée correspond, au prorata de ses capacités, la bêtise qui, non seulement l'accompagne, mais lui est consubstantielle. Nous sommes toujours intelligents et stupides à la fois – ce qui comptait, à mes yeux, était la profondeur (le brio m'apparaissait comme le comble de la vulgarité). Je cherchais en moi, fouillant mes mystères, une intériorité suprême, dense et riche, accomplie – puissante. Sans doute étais-je le jouet naïf de mon cerveau, plus malin que ma personne, qui produisait l'illusion de ces trésors intérieurs, tapis au fond du « moi », de cet inconscient qui se révélait une escroquerie.

Mes souvenirs, l'étendue de mes dégâts intimes, où j'avais rêvé jusque-là d'aller puiser l'inspiration, et qui avaient soi-disant fait éclore ma personnalité comme l'hélianthe pousse sur le fumier, étaient restitués, sans la moindre exactitude, par mon esprit quelques secondes avant que je n'y eusse accès ; notre intelligence possède toujours un coup d'avance sur nous, elle nous abuse, nous faisant accroire que nos forages creusent dans les entrailles du temps, dans le réacteur enfoui de notre existence, au cœur du cyclone biographique, quand en réalité elle s'est dépêchée, sentant la pulsion venir, de fabriquer une histoire de substitution, aberrante et bancale mais travestie en vérité intime et en certitude immuable, que nous confondrons avec la nôtre. Nous sommes livrés à l'improvisation capricieuse de cette machine, le cerveau, que nous abritons, plus subtile que nous, mille fois plus rapide que nous, qui pense pour nous et nous fait croire, nous abusant sans cesse, que nous pensons par elle. Mes analyses ne furent jamais le fruit de mes efforts ; l'amour, la mélancolie, la tristesse, le choix, la liberté s'inventent à l'instant même où j'éprouve le besoin d'aller les puiser dans les formidables tréfonds de mon océan intime ; las, ma pensée n'est qu'une frénésie coruscante, le reflet des affabulations permanentes de mon esprit, qui me trompe et se joue de moi, m'abreuvant d'oasis comme autant de mirages. Obsédé de cohérence, le cerveau humain nous sert des plats tout faits, des kits, des matériaux comestibles et des scénarios ronds, sans quoi nous n'aurions aucune prise pour ramasser dans les mille brisures éparpillées que nous appelons notre passé, ces éclats de verre, ces déchets, ces trognons, ces moignons, ces poussiers, ces pollens et ces éclaboussements de vents perpendiculaires qu'il agence en reps, les tissant au débotté – dès lors que brusquement nous les convoquons – pour en fabriquer une réalité en apparence irréfutable.

Leucheux rota. Il passa sa main dans son pantalon éclaboussé de boues brunes, et se gratta les testicules ; il décapsula une bière et nous avoua qu'il avait, à plusieurs reprises, couché avec sa petite sœur Sonia. Caillette fit la grimace. Non qu'il ne fût au courant, je le compris aussitôt, mais parce qu'il dut trouver périlleux qu'un tiers, un non-initié de la confrérie des Grands Radins Louches, fût au courant. Leucheux ne trahissait pas la moindre honte ; pis, il nous donna quelques détails « croustillants » (je reprends ici ses termes) sur la physionomie de Sonia, ainsi que sur les particularités (répertoriées mais précises) de ses prestations. À l'entendre, c'était elle qui, depuis leur plus jeune âge (elle était de trois ans sa cadette), l'avait provoqué.

« Je suis dépressif, ma sœur aussi », soupira Leucheux. Il ajouta : « Quand elle me suçait, j'étais beau. Je ne lui plais plus, aujourd'hui. Je suis devenu vieux et laid. Et puis elle s'est mariée. Son mari est jaloux. Il est au courant de nos coucheries. C'est un paranoïaque. Je me méfie de lui. Il est dangereux. Il m'a menacé à maintes reprises. Je souhaite sa mort. Il est immature. Il m'empêche de voir ma petite sœur et mes neveux. Ce n'est pas quelqu'un de bien. Il est garagiste. Il ne sert à rien sur terre. C'est un parasite. » Il avala un fond de bière tiède. « J'ai du mal à séduire les femmes qui ne sont pas ma sœur. Nous étions faits l'un pour l'autre. Les lois sont mal faites. Comment sortir de cette impasse ? Parfois je me caresse en pensant à elle. Je suis sûr que, de son côté, elle fait la même chose. » Il s'arracha un bout de peau de pied, comme on arrache l'étiquette autocollante frappée du prix d'un article, le porta à sa bouche, se mit à le mâcher à la façon d'un chewing-gum à la fraise.

8. – Ayant bu trop de rhum, je m'étais endormi sur le toit d'une Renault. C'est la froidure de l'aube qui m'avait réveillé. Je tremblais. Les premiers salariés se pressaient déjà vers le travail auquel ils livraient leur vie en pâture. Ils s'engouffraient dans le métro ; cette journée dégradante serait décomptée du temps qu'il leur restait à vivre. Ils mettaient leurs souffrances entre parenthèses et poussaient leurs humbles carcasses, échinées de fatigue, dans la gueule du brouillard et les giclées de vent griffu. Leurs grosses têtes étaient saturées de jours anonymes empilés les uns sur les autres. Le ciel était pluvieux ; ce mot de « ciel » où se jetaient, dans la Parole de l'hostie, les routes éclaboussées de phosphènes qui mènent au paradis, servait également sous les bas horizons de Paris à dire un long lambeau de toile usée treillissé de brumes métalliques.

J'étais parvenu la veille au soir à embobiner, emporté par l'alcool, une rousse de petite taille qui cherchait son chemin ; je la fis rire, nous marchâmes ensemble. Je tentai de l'embrasser ; elle me prévint qu'il ne fallait pas que je recommençasse. « Tu as bu » fut son unique reproche – cela ouvrait, si mon seul défaut fut de n'être pas à jeun, une perspective copulatoire. Elle me laissa son numéro de téléphone. Elle s'appelait Wanda.

Dans la journée, je partis en repérages : j'allai vérifier les néons, les spots, les rais crus de lumière blanche qui, dans certains restaurants, irradiaient les crânes, faisant ressortir les prémices de calvitie. Or, à cette époque (bien que ce fût une fausse alerte), j'étais persuadé qu'à quarante ans je serais chauve. Le crâne lisse comme un galet, poli comme une roche nettoyée d'alluvions, comme le cou d'un oisillon : cette perspective me donnait des cauchemars. Ma jeunesse allait s'envoler avec l'ultime cheveu, au gré d'une bourrasque automnale, croupir dans l'eau roussâtre d'une flaque. Je ne pourrais plus aimer, jamais, ni bomber mon torse arrogant, lever le menton en direction des belles beautés. Mon caquet serait rabattu par ce fléau biologique – quelle injustice. J'eusse préféré qu'on me tranchât la main (ce qui m'eût permis de séduire en série) plutôt qu'avoir à me mettre en deuil de ma chevelure dense, ondulée, crépue, que d'aucunes, au cours de ma brève biographie, avaient vantée. Je me rendis dans les établissements, au moment où la nuit s'avançait, afin d'évaluer la nocivité de ces soleils brutaux. C'est l'ombre que je revendiquais ; j'élus un boui-boui douteux (il n'existe plus) qui présentait l'avantage de n'être éclairé que par trois bougies.

Aussitôt, je sentis que le lieu déplut à Wanda, qui m'adressa une grimace furtive (mon déni m'empêcha de parfaitement la déchiffrer). Elle prit une côte de bœuf. J'étais mal à l'aise : je n'aimais pas qu'une femme mangeât de la viande en face de moi, mâchant, découpant des morceaux de chair mastoc et carbonisée. Il y avait, dans l'amplitude carnassière de ses mandibules voraces et pressées, une matière à dégoût qui me crispa. Je l'eusse rêvée plus printanière, portée davantage sur la betterave, la feuille de laitue, les mouchetures anisées, les asperges fines et translucides, les tomates et la coriandre. Elle était dodue. Elle était affublée de grosses mains – elle concassait les os de sa viande ; l'instant était graisseux. Séquence de triste mayonnaise, de reflets rosâtres de coriace portion. Je partageais ces minutes avec une inconnue ; elle se sustentait. Je l'avais invitée dans le but de gagner son intimité, de me rouler dans sa gorge, de m'écrouler parmi son ventre. Nul enthousiasme ne me gagnait. Elle me parla de ses

« petits copains ». Elle sauça son assiette ; les scintillements irisés de ses couverts se recouvraient d'une écœurante boue.

Je fis mine de me rendre aux toilettes, quittai le restaurant. Les passants me firent l'effet de spectres. La tête me tournait. J'abandonnai la belle au milieu de ses éclaboussures. La nuit, avec ses néons sales, ses lumières gluantes, les cris fatigués de ses couleurs, pendait au ciel comme un vieux drap noir fatigué. Paris était une ville de décombres, de détritus roux, d'os gesticulants – de visages intranquilles. Cette fille qui m'attendait, j'allais la rendre malheureuse ; j'allais graver dans sa mémoire un souvenir désastreux. Cela, étrangement, ne me procura aucun plaisir. D'habitude, je méprisais, m'en réjouissant salement, le mal que je faisais aux autres. Je crachais symboliquement sur ceux, sur celles qui avaient osé me témoigner de l'intérêt – *a fortiori* de l'amour. M'accordant de l'importance, ils ne méritaient nullement de vivre. Le lendemain, je restai cloué sur un fauteuil à la bibliothèque du centre Beaubourg. Nathanaël, pris dans une sale affaire, avait perdu son poste – cela m'attrista. Je rentrai chez moi avec sous le bras un tome du *Journal* de Julien Green que j'étais parvenu à subtiliser.

Devant ma porte, un gaillard m'attendait, l'air buté. Ses yeux étaient deux trous étanches où aucune lueur n'entrait, d'où aucune lumière ne sortait (n'était jamais sortie, ne sortirait jamais). Ivre mort, j'avais donné mon adresse à Wanda. Je tentai de m'enfuir, dévalant les escaliers défoncés. Je fus vite rattrapé. Le mastard, tordant mon bras, exigea que j'ouvrisse ma porte. Je m'exécutai. Nous entrâmes ; il me projeta sur le sol. Les lumières du dehors formaient des flammes orange sur ma vitre fissurée. J'implorai la pitié de ce titan venu pour me tuer. Il se présenta comme « le meilleur ami de quelqu'un que j'avais humilié ». Je fis l'imbécile avant que de recevoir un coup de pied dans les côtes. Je me mis à genoux, implorant dans la jointure de mes deux mains soudain reliées à celles de l'Enfant du Mystère la grâce de mon bourreau. Il hurla sur moi des insultes charnues ; la sueur luisait sur son front plat. Il s'approcha de nouveau, me frappa encore, plus violemment que la première fois.

« Ha ! Il se pisse dessus ! Fiotte ! » Il fit un geste de débraguettage, qu'heureusement il ratura : « Tu mériterais que je me vide sur ta gueule, putasse ! » Il dressa son poing charnu, des tessons dans les yeux : « La prochaine fois je te bute. » Il partit en claquant la porte ; je restai par terre, en pleurs. Je trouvai la force de me lever pour m'enfermer à double tour, de peur qu'il ne revînt sur ses pas. J'essayai de sourire, brièvement, juste pour voir, afin de défier (ou de conjurer) la réalité. Je m'appuyai contre le mur humide et suppurant. Je n'avais pas eu de cœur avec Wanda ; je l'avais payé. Il se mit à pleuvoir. De cette pluie, rougie par les lampes, je bus les battements, j'aspirai le tambour ; de cette pluie je me nourris. Elle frappait la ville, s'enroulait dans le vent, tapissait d'aiguilles l'ardoise des toits. C'était une pluie de nuit, prise dans le geste même du noir, empruntée aux ombres et aux peurs ; une pluie inséparable de la mort et qui ne connaissait qu'elle. Tout claquait, tout crépitait. Les rigoles gonflaient ; des verrières assommées agonisaient. Le monde s'affaissait sous les colères d'eau ; le carreau battait comme une poitrine. Cette pluie semait des trous.

Des saletés se plaquaient aux vitres, dessinant des formes sans yeux. La mer s'approchait ; bleutée, délurée, éclaboussant les façades de gouttes gélatineuses et fâchées. Elle lança (ce bruit gourd et gonflé) des charretées de poulpes morts contre ma fenêtre. Dans la constitution de moi-même, j'avais échoué ; je n'étais que le rogaton de mon projet. J'incarnais cette chose affreuse : le brouillon de mon être – une verdure glauque étalée sur un futur sans avenir.

Mes côtes me faisaient souffrir ; je restai avachi sur le sol. Je me fis une promesse ultime de grandeur. « Vous allez sortir un roman ? – Oui, j'y travaille. » Il fallait cesser d'y « travailler » et l'achever comme on achève un blessé ; sa parution me sauverait. Je m'endormis sur ma douleur. Au matin, le ciel était aveuglant – une baleine blanche laissée par l'averse. Je descendis prendre un café dans un bistro jaunissant ; des corps matutinaux étaient alignés au zinc. J'avais longtemps cru à l'existence du temps. Ce jour-là, dans l'acier naissant du jour, je compris que nous n'avançons pas dans les dates, mais que nous nous enfonçons dans le même instant infiniment bégayé. Le café était imbuvable ; je l'avalai d'une traite, me brûlant. Une main pointue vint serrer la mienne : c'était celle d'un éclopé qui dormait dehors. « J'aime pas l'eau ! lâcha-t-il. L'eau, c'est dégueulassse – je la digère pas – ça me brûle ! » Il éclata d'un rire affreux qui me rappela celui de ma mère, à Orléans.

9. – Depuis l'enfance, quelque chose me dégoûtait. Comment dire ? C'était d'avoir parfaitement saisi que chaque être humain autre que moi, quel qu'il fût, où qu'il se trouvât sur la planète, ressentait, à quelques insignifiants détails près, tout ce que je ressentais moi-même. Ce qui me traumatisait n'était pas que je fusse tout le monde, mais que n'importe qui fût moi. Me trouver différent des autres était une impasse : c'était là, précisément, ce que chacun éprouvait pour lui-même. Ma supériorité n'était donc qu'un leurre. Comme chacun, j'étais enfermé dans la seule intelligence possible – la mienne. La Terre n'était pas peuplée de gens comme moi, mais de moi. Tout le monde, depuis la nuit des temps et jusqu'à extinction des feux, ne pourrait faire autrement qu'être moi, moi à l'infini ; mon espoir d'être d'un autre bois était une chimère. Tous ceux qui grouillaient autour de mon corps, dans les gares, les rues, les aéroports, étaient mes avatars, de simples variantes de moi-même. Ils ne se doutaient pas qu'ils étaient moi, pas plus que je ne m'étais jamais avisé que j'étais eux, que j'eusse pu me fondre, sans le moindre dépaysement, dans chacun de ces passants pris au hasard. On est dépaysé dans un lézard ou dans un ours blanc, pas dans une veuve qui fait ses courses ni dans un camionneur qui klaxonne.

Patrick Valdo était moi et j'étais Patrick Valdo. Nous étions interchangeables. Aucun de nous, à l'intérieur de l'autre, ne se fût sans doute aperçu du déménagement. Tout ce que mon esprit me donnait à croire que j'étais, son esprit le produisait aussi. Tout était corrigé, compensé, pour que notre passage dans quelqu'un d'autre fût une opération neutre, naturelle et insignifiante. Valdo pourtant ne me ressemblait pas ; il eût fallu que je devinsse totalement lui pour redevenir parfaitement moi. De l'extérieur, envisagé selon un autre point de vue que lui-même, il était objectivement repoussant ; son haleine pour commencer n'était pas normale ; non plus que ses chicots d'un brun violacé, acérés comme des crocs de bête médiévale.

Valdo avait une passion qui m'était étrangère : celle des prostituées. J'avais celle de la littérature (qui ne vaut ni mieux ni moins qu'une autre) et, transporté dans Valdo, métamorphosé en lui, je ne me fusse aperçu de rien : simplement, l'intitulé de ma passion eût changé, mais non le fait d'en posséder une. Et si l'on m'avait transvasé, de force, dans un individu incapable de s'intéresser à quoi que ce fût, je ne me fusse pas non plus senti ailleurs qu'en moi : ne sachant pas que la passion pût exister, j'eusse passé mon existence avec les mêmes chagrins, les mêmes bonheurs, les mêmes trouilles et les mêmes éjaculations que celui qui s'évanouit au seul nom de Péguy ou commence, comme Valdo, Patrick, à suer à la devanture des intimités.

Valdo se plaisait à fréquenter le cimetière du Père-Lachaise ; il était chez lui parmi l'éternité. Les morts, moins vicieux que les vivants, l'apaisaient. Il n'en revenait pas d'avoir Chopin à ses pieds ; hélas, l'accessibilité de son pianiste préféré, la proximité géographique de son idole, qui semblaient totales, ne faisaient que rendre plus infinie la distance qui le séparait du compositeur des *Nocturnes*. Chopin, contrairement à la plupart des hommes, qui ne viennent au monde que pour y vieillir et disparaître une bonne fois pour toutes, n'était pas circonscrit au corps de Chopin ni, *a fortiori*, à sa sépulture. Le génie, quand son corps meurt, change d'habitacle pour se répandre dans l'atmosphère, planant sur la Terre et dans le temps, à la façon d'un aigle invieillissant. Le Frédéric Chopin qui reposait sous la semelle de Patrick Valdo, ce Chopin allongé né quelque part dans l'espace et sur un morceau du temps, puis mort dans un autre recoin de ce même espace et sur un autre morceau du temps, ce Chopin corporel né en 1810 et décédé trente-neuf ans plus tard n'était pas la meilleure représentation qui fût de ce qu'on appelle habituellement « Chopin ». On n'intitule pas « Chopin » la dépouille d'une bribe d'homme dévorée, mais les larmes d'un matin d'automne quand l'amour n'est plus, mais les giclements de la mer quand sa mousse grésille sur le rocher alentour du soir frais – on ne baptise pas du nom de « Chopin » la viande consommée d'une enveloppe, mais les remous du cœur, les chagrins de la nuit qui tombe, la malédiction de l'existence et les martyres de l'âge sur notre faciès résigné.

Valdo s'en fichait, qui visitait chaque jour son dieu. J'eusse fait de même en habitant Cuverville, m'installant à l'année sur la tombe de Gide, pique-niquant dessus, faisant en toute saison l'amour sur sa pierre.

Un jeudi pluvieux, nous attendîmes que le cimetière fermât ses portes ; dissimulés à l'intérieur d'un caveau de commandant ayant servi sous Louis-Philippe, nous entendîmes le gardien achever sa ronde. Nous eûmes à notre disposition, pour la nuit, la galaxie pierreuse des morts – une étendue de silence tombal, parsemé de lointains klaxons. La nuit posait doucement ses mains sur les dalles ; on avait envie de coller sa joue contre le marbre des sépultures pour se rafraîchir. Nous étions à la mer. Nous étions là pour prendre un bain de mort, mêlés à ceux qui n'étaient plus exactement comme nous, qui avaient cessé d'être « nos semblables » et qui, dans leur actuelle position, connaissaient des choses que nous ne connaissions pas.

Le jour, dans la rue, j'étais particulièrement athée ; cette nuit-là, dans ce cimetière, je conçus à force de silence qu'un mystère imprégnait le décor. Je n'étais guère rassuré – ce qui n'avait aucun sens ; cette frousse passagère m'indiqua à moi-même que nous ne sommes pas faits, nous les vivants, pour être encerclés de morts au plein cœur de la nuit. L'obscurité devient leur capitale et les ombres leur gouvernement. Mes propres idoles commencèrent à m'effrayer doucement : Raymond Roussel, Balzac, Pierre Brasseur ; leur présence amicale s'était métamorphosée avec le froid en compagnie terrible. Passant devant la tombe d'Alain, je m'aperçus que je ne l'avais jamais lu ; j'eus par conséquent moins d'angoisse devant lui que devant tous ceux que, peut-être, j'avais insultés en les aimant.

C'est qu'avec les grands morts, je n'y étais jamais allé de main morte ; me réclamant d'eux, les faisant converser avec n'importe qui par la force d'une aberrante ventriloquie, je jouais régulièrement à être leur collègue, leur homologue, pis : leur successeur. Ils n'étaient plus là pour me contredire ; tout ce qu'ils m'eussent refusé de leur vivant, ils me l'accordaient depuis leurs profondeurs. Pour un faiseur de mon accabit, leur disparition constituait une aubaine. Je pouvais les aduler sans qu'ils s'en froissassent. Roussel, qui eût peut-être changé de trottoir en m'apercevant, restait par sa nuit même à ma disposition. C'est ce pouvoir que j'avais sur mes disparus, davantage que leurs malveillants fantômes, qui ce soir-là m'effraya. Et puis, il y en avait trop d'un coup ; je ne pouvais les assimiler tous d'une même goulée.

Envahi par le néant, je sentis ma vie se dissoudre dans l'absurde, même si l'absurde était une notion gâchée par trop de littérature, d'analyses, d'épreuves de baccalauréat, de concours. Entouré de ces cadavres qui volaient partout, comme des millions de corbeaux invisibles hurlant du silence, je m'avisai que chaque homme qui vient sur terre est programmé pour un âge précis. Certains individus sont conçus pour avoir vingt-sept ans, d'autres pour accéder au jour de leurs quarante-huit printemps. Avant leur âge idéal, ils ne sont que des brouillons, des préparatifs ; au-delà, une certaine obsolescence s'empare de leur figure, leur être s'englue dans une nasse boueuse, qui finit par faire pitié tant on les sent déçus de n'avoir pu se maintenir plus longtemps dans l'idoine quantité de leurs années. J'ai eu des amis qui, sans le savoir, visaient l'âge de soixante ans ; d'autres qui, franchi le cap de la trentaine, étaient bons à jeter au vide-ordures.

Patrick Valdo n'avait pas encore outrepassé son acmé ; il voyageait en direction de l'âge pour lequel il était fait, qui était de trente-six ans. Je serais bien incapable de livrer le mystère de mon calcul, ni la formule qui fit atterrir dans mon esprit la certitude que c'était, comme on parle de la taille des chaussures, un trente-six et non un trente-quatre qui lui siérait. Le chiffre « 36 », à la fois par sa sonorité, sa physionomie rebondie, son allure matelassée, sa fin sifflante, ressemblait à Valdo – enveloppé, souple, perfide. Surtout, la quarantaine n'entrerait pas dans ses capacités ; il n'était pas qualifié pour survivre à ce couperet. Quelque chose de son âme de pur trentenaire, plus cynique que les gens de la vingtaine et moins affranchi que ceux de la quarantaine, lâcherait le corps sur la borne du kilomètre trente-six, continuant à être Patrick Valdo sans Patrick Valdo, indépendamment de lui, de son vieillissement sous le soleil, dans des dates ultérieures qu'il aborderait en étranger, en exilé, en migrant – en intrus.

Il me tira par la chemise, me montra du doigt, sur la tombe froide de Proust, un homme allongé sur le ventre. Un autre, debout, éclairé par la lune laiteuse, lisait à haute voix un passage d'*Albertine disparue*. Nous nous tûmes ; nous observâmes le spectacle jusqu'au bout. Le houx me piquait.

10. – Gaëlle Lemarque était jolie. Elle ne me plaisait pas. Son dos possédait une cambrure intéressante, ses seins devaient sûrement peser dans la paume, mais elle ne provoquait en moi aucune émulsion (pas davantage, par exemple, qu'un moineau, qu'un cyprès, qu'un moteur de moto). La première fois que je la vis, c'était lors d'un concert. Terriblement fauché, je traînais mes guêtres dans les labyrinthiques couloirs de la Maison de la Radio, où l'orchestre de Radio France jouait gratuitement une fois par semaine. Ce bâtiment, voulu par le pouvoir gaullien, résumait à lui seul l'absurdité de l'administration, sinon la dérisoire puissance de tout pouvoir institué. Des milliers de couloirs enrubannés, strictement, bêtement circulaires, enroulés autour du vide, débouchaient sur des bureaux uniformes et minuscules.

La Maison de la Radio était, comme la plupart des édifices des années soixante, un endroit pour plus tard, tournant ses possibilités, ses « infrastructures » vers un avenir hypothétique, considérable, débile, qui n'adviendrait jamais. On se déplaçait là dans l'inoccupé, l'infiniment disponible, la vacance exagérée.

Ce fut mon amour pour Igor Stravinsky qui m'avait ce soir-là persuadé de faire le déplacement ; savoir que *Le Sacre du printemps*, que j'aimais moins que *Petrouchka*, se donnait derrière mon dos eût contrarié mon sommeil. Rien de ce qui était stravinskien à Paris n'avait le droit de m'échapper.

Gaëlle se présenta à moi dans sa rousseur approximative ; nous nous croisions parfois dans les amphithéâtres ou le hall, appelé « baleine », de l'Institut d'études politiques, école dans laquelle, *in extremis*, j'étais parvenu, dépassé l'âge de vingt-quatre ans, à colmater l'humiliation d'être diplômé de l'École supérieure de commerce de Reims. La jeune femme possédait un strabisme intéressant, mais quelque chose, de sa bouche, de la façon dont cette bouche se tordait pour émettre les sons, me déplaisait. Une poignée de bubons, éparpillés au pourtour des lèvres, me dégoûtait : « Ne fais pas attention à ça, c'est de l'herpès. » Le mot « herpès », plus que sa réalité, finit par me rendre inconfortable la proximité de Gaëlle Lemarque. Nous assistâmes au concert sans échanger un mot ni un regard. La prestation de l'orchestre fut décevante : je trouvai le tempo trop lent – Stravinsky doit s'interpréter non seulement dans la vitesse, mais dans l'accélération.

Gaëlle – bien que timide – me proposa « d'aller boire un verre ». Proposition à laquelle j'avais répondu « je n'ai pas soif ». Je vis une plaque rougeâtre apparaître sur ses joues ; je venais sans le savoir de la gifler par des mots. « Ce n'est pas grave », dit-elle, bien que dix jours plus tard sa meilleure amie Priscilla m'appelât pour me dire que Gaëlle avait avalé une boîte de somnifères. « Elle est folle de toi, et tu le sais *très* bien. » Je fus sidéré par cette révélation ; sidération, il est vrai, qui relevait de l'hypocrisie : j'avais reconnu, dans la gestuelle de la suicidée dont la mort n'avait point voulu, une manière de gaucherie par laquelle on détecte la présence de sentiments. Son regard, de temps en temps, signifiait qu'elle se sentait écrasée par ma compagnie. Elle semblait me désirer autant qu'elle me craignait ; elle eût voulu que je lui fisse l'amour et que je ne fusse jamais né. Mon séjour sur la Terre lui posait un problème : il fallait – question de vie ou de mort – qu'elle m'accaparât sans qu'elle sût au juste *quoi faire* de ma personne. L'essentiel était de me soustraire à la propriété des autres.

On m'accusa de l'avoir assassinée. On fit savoir, à la ronde, que j'étais un pervers, que j'avais « joué avec les sentiments » d'une fille naïve, gentille – « inexpérimentée ». Gaëlle Lemarque serait tombée entre les griffes d'un redoutable prédateur. La vérité est que je souffrais d'inanité à l'approche des femmes, que leur parler m'était aussi difficile que de manger des cailloux, de lécher ma propre nuque ou de traduire en coréen l'œuvre intégrale de Georges Simenon. Qu'importe : Gaëlle associa les déboires de sa psychologie, les dysfonctionnements archaïques de son corps à la méchanceté qu'elle avait prêtée à ma misérable personne. Dans les couloirs de Sciences-Po, où pourtant les gens se frottent et se cognent sans jamais marquer pour l'existence d'autrui autre chose que l'impatience ridicule des importants ou l'indifférence immémoriale des pierres, on commença d'écrire le long poème de mes détraquages. La promotion finit, dans son innombrable totalité, par apprendre mon nom, héros malgré lui d'une saga mensongère, bien qu'établie par la persistance du persiflage.

Lorsque Gaëlle Lemarque cessa de se nourrir et fut admise à l'hôpital Sainte-Anne, je fus convoqué par mon directeur d'études, Yves Lechu, un homme encore jeune dont la physionomie, hors de sujet avec sa fonction, faisait se pâmer quelques étudiantes qu'incapable d'approcher j'avais ramassées, pour les mélanger à mon gré, dans le consternant fouillis de mes nocturnes épanchements. Les plus belles eussent voulu se dénuder devant Lechu, quand elles regardaient le ciel ou leurs chaussures chaque fois que je m'élançais vers elles, le teint livide et l'œil froncé.

Lechu me considéra avec une gravité de notaire : mon cas n'entrait pas dans le format psychologique dont l'école veillait à entretenir la nomenclature comme on surveille la température d'un cabernet-sauvignon. Je me défendis. Mais j'y plaçai tant de verve, me débattis avec une énergie si hors de proportion, bégayant sous l'accusation, que cette agitation parût suspecte à mon interlocuteur. « Nous n'aimons pas ça », avait lâché Lechu en plantant son regard dans ma chair. « Cet épisode pourrait entacher votre avenir. » Je me liquéfiai. Je dressai la liste de mes drames sentimentaux, de mes déconvenues narcissiques, de mes frustrations charnelles. Il lâcha cette sentence, trempée du métal des guillotines : « Ceci explique cela. »

Rentré dans ma cahute, où l'on marchait sur les livres et les blattes, je ne parvins pas à pleurer – il n'était pas question de verser des larmes sur un sort qui n'était pas exactement le mien ; on accusait un personnage qu'on avait affublé de mon identité.

Pendant quinze jours, je ne mis plus les pieds en cours ; je me rendis à l'hôpital, où toute visite me fut refusée. Lorsque Gaëlle sortit, elle me trouva chez elle, dans son studio, où à l'aide de Knob j'avais pu m'introduire sans complication. Elle cria ; lâchant son trousseau de clefs Snoopy sur la moquette verdâtre, elle se précipita vers moi à sanglots hurlés. Elle enlaça mes genoux, serrant fort, jusqu'à broyer mes jambes : « Pardon ! » Nous bûmes whisky sur whisky et fîmes l'amour ; le lendemain soir, à la nuit tombée, nous nous rendîmes au domicile privé de Lechu, qui accepta de partager avec nous sa pizza de célibataire – elle dégoulinait de fromage fondu, de sauce piquante, d'anchois cadavériques. Des anchois qui avaient fait leur apparition dans l'Univers dans le seul but de finir là, installés dans la graisse, posés sur une pâte surcuite et boursouflée.

Lechu éteignit sa télévision. Gaëlle Lemarque se lança dans une pénible description de sa maladie – elle m'avait choisi du seul fait qu'elle aimait « mon prénom et mon nom qui sonnaient bien posés l'un à côté de l'autre, comme un nom de personnage de fiction ou d'écrivain ». Je fus impressionné par cette fulgurance : Gaëlle avait compris, depuis les abysses de sa défaillance, qu'un écrivain doit porter un nom, non point fictif, mais qu'une figure de fiction eût aussi bien porté que son auteur. Celui qui n'a pas la chance de porter un nom qui sonne, qui frappe, qui rebondit, qui explose, à moins qu'il ne se choisisse un pseudonyme, ne saurait écrire de bons livres – il serait condamné à s'aligner sur son identité molle et fade, forgée pour l'anonymat. L'œuvre non seulement commence avec le nom, mais elle habite en lui, se loge dedans. Le nom est la gangue de l'œuvre ; « Paul Bourget », « Frédéric Soulié », « Marcel Allain », « Émile Gaboriau », « Gustave Aimard » : il n'y avait rien à en tirer – la postérité ne parviendrait pas, malgré mille efforts, à y pénétrer. Celui qui n'est pas capable de faire tinter son nom resterait sourd à la langue ; l'appellation étriquée bloque l'élévation céleste. Il y a les noms qui ouvrent vers et ceux qui referment sur. Il y a les noms qui sont des fenêtres ouvertes et ceux qui sont des volets clos. « Fedor Dostoïevski », « James Joyce », « Stendhal », « Alfred Jarry », « William Faulkner », « Boris Vian », « Witold Gombrowicz » : cela fonctionnait ; « Yann Moix » – j'en eus la révélation devant l'indigeste pizza –, cela fonctionnerait. Restait à remplir ce vide.

DEUXIÈME PARTIE

1. – J'avais souvent rêvé d'un monde où chacun de nous serait né avec, pour toute la durée de sa vie, la responsabilité d'un mot. À lui de faire fructifier ce mot, de lui insuffler son énergie, empêchant non seulement qu'il ne meure, mais que l'usage ne le consacre, que les rhumatismes ne l'enrayent. De notre naissance à notre disparition : faire vivre et vibrer un mot ; l'arracher aux dictées, le soustraire aux habitudes, le rafraîchir sans arrêt. Je serais, par exemple, né avec l'obligation de faire chanter le mot « grenouille », le transmettant à mon successeur et ainsi de suite. Successeur qui hériterait de cette grenouille et, à sa naissance, d'un autre mot encore : « bouchon », « liberté », « dictionnaire ».

Les mots meurent comme les hommes, avec les hommes et à cause d'eux. Maniés comme de vieilles scies qui s'usent, ils finissent sous l'établi, parmi les araignées. Tel aurait la responsabilité du mot « amour » ; le propriétaire ici-bas du mot « vie » finirait pendu à la branche d'un chêne tordu. Celui-ci, riche du mot « prière », serait athée comme un babouin priape quand celui-là, récipiendaire du terme de « fidélité », serait grand amateur de cuisses.

Je pensais à cela quand Valérie Darule entra, pour m'y rejoindre, dans le plus miteux bistro qui fût. J'avais adoré la demi-heure de retard qu'elle eut ; cela m'avait permis d'être ni tout à fait seul avec moi-même, puisque la perspective de la voir servait d'imminence joyeuse à mon existence, ni tout à fait en sa compagnie – compagnie que je redoutais une fois établie, consacrée, réalisée. Tant que Valérie Darule n'était point arrivée, je me trouvais en sa présence ; or, la présence m'a toujours mieux convenu que la compagnie. La présence est une compagnie d'où l'autre est absent. La femme attendue plane, qui jamais ne nous interrompt ; elle réside dans l'air que nous respirons. Aussitôt qu'elle arrive en chair, plantée devant nous dans son vrai corps, elle interrompt ce dialogue entre elle et nous ; nous lui en voulons d'exister à ce point.

J'aime l'imminence des autres davantage que leur arrivée ; j'aime l'autre lorsqu'il oscille, frétille sur le pan d'attente qu'il comble sans l'envahir, habite sans le gâcher. La suspension de temps qu'il offre, tandis que nous commandons un autre café, est un don du ciel – il fait de nous un solitaire sans nous éprouver en homme seul. J'attendais Valérie Darule en priant pour que durassent ces minutes suspendues, gratuites, merveilleuses (en cas de défection, je me fusse énervé ; des palpitations méchantes, secouées d'envies de vengeance, eussent sabordé ma journée, contaminé ma nuit). Je savais que ce n'était là qu'un retard qui, s'il avait pu mesurer l'ampleur de son bienfait, n'eût jamais pensé à se charger des phrases, pénibles, lourdes, remâchées, visant à l'excuser. Entrait un je-ne-sais-quoi de messianique dans cette étendue de temps où Valérie était déjà là sans y être encore ; je baptisai « bonheur » cette installation de l'autre dans un espace perdu, un temps invisible, un cosmos hypothétique – anticipé. J'avais l'air de qui « attend quelqu'un ». Étant trop orléanais pour me sentir autorisé à m'asseoir sur la moleskine grenat du Flore, je choisissais toujours des rades minables : puis je prétextais, plutôt que d'avouer mes complexes provinciaux, de préférer l'aventure à la caricature, l'esthétique du délabrement à la convention mondaine. Valérie et moi n'étions pas issus du même jus ; elle, née dans le huitième arrondissement, rue de Penthièvre, là même où Jacques Tati avait logé ; moi, parmi les ajoncs gluants de la Loire et l'odeur du goudron au soleil, le dimanche, sur les barques rafistolées des pêcheurs de tanches.

Elle arriva enfin, brisant sa présence et m'imposant sa compagnie. La Valérie présente, plus lourde que la Valérie absente, était aussi plus odorante – d'une eau capiteuse qui me porta au cœur. C'était un mélange de liqueur, de miel, de mimosa, flanqué d'un piquant relent de fleur d'oranger.

« Ça va ? Tu n'as pas l'air très content de me voir ! » Je ne pouvais lui avouer que la compter à ma table devenue la nôtre, liée à elle dans cet instant partagé, me rendait, sinon triste, du moins moins heureux que je ne l'avais été avant qu'elle ne me rejoignît. Ma vie ne serait jamais un morceau de bois planté dans le sable, insistant sur le lieu, imperturbable dans sa durée, mais une planche moisie s'éloignant de la rive, apercevant les autres de loin. Le « réel » n'était pas ce que j'étais en train de vivre, mais la douce assurance de sa prochaine irruption. Le réel n'était rien d'autre que l'excitation, reléguée à l'instant ultérieur, d'une visite en bonne et due forme.

Il fallait que je sache, évidemment, que cette vacance serait conclue par la venue réalisée de l'autre : rien ne m'angoissait davantage que de deviner au cours de l'attente que l'autre ne viendrait plus. Ce à quoi j'aspirais était d'avoir Valérie dans la tête plutôt que sous les yeux. En amour, il en va de même : l'être aimé, agglutiné à nous dans sa matière incarnée, qu'on peut toucher, qui nous oblige, nous empêche de penser à lui. Il nous refuse alors de rêver à lui, de le surprendre autrement qu'il ne se présente maintenant ; il est ce bloc auquel il faut s'adresser, cette masse bourrée d'exigences, de défauts, d'agacements – tout à l'heure, avant qu'il ne pénétrât chez nous pour se montrer, nous étions seul à seul avec lui, il épousait nos désirs et restait silencieusement docile à nos modelages.

« Tu m'empêches de te rêver… répondis-je. Je t'apprécie tellement que lorsque tu es là, tu ne remplis pas autant l'instant que lorsque tu n'y es pas. Tout semble restreint. Toi, moi, tout. Ce qu'on va se dire se transforme en ce qu'on se dit. C'est décevant. Il y a des obstacles partout, des murs, des ronces – des barbelés. On ne peut rien amplifier, rien exagérer. Je t'en veux de ça. Le fait que tu sois là nous formate. Je n'ai plus rien à projeter, à extrapoler – à agrandir. L'espace n'est plus en expansion. C'est un point. Nous ne faisons que nous accommoder l'un à l'autre. Nous sommes séparés de nous par nous-mêmes. Entre nous, il y a désormais toi et moi. La réalité a gagné. Nous sommes condamnés à être tout le monde. Nous sommes des gens qui prennent un café. Nous ne sommes pas seulement prévisibles : nous sommes prévus. »

Valérie se leva. Elle quitta le rade ; je me retrouvai seul – vraiment seul, cette fois, sans futur à partager dans un quart d'heure ; livré seul à la journée commençante qu'il me faudrait habiter, traverser, apprivoiser – vivre. L'angoisse m'envahit. Devant Valérie, j'avais éprouvé une fierté tout énergique à suicider le rendez-vous en diffusant ma théorie ; crâneur, j'avais meurtri une femme qui pour me voir avait traversé Paris. Le café avait changé de dimension. Avant Valérie, il était vaste comme l'intérieur d'un cachalot ; pendant Valérie, il avait revêtu sa taille de prédilection, celle qu'avaient conçue et fabriquée les architectes, les maçons ; après Valérie, il était devenu aussi minuscule qu'une bille.

Des atomes de son parfum dansaient sur l'air, écœurants ; je bus *son* café, me disant que ce qui coulait dans mon œsophage eût dû parcourir le sien. Mon appareil digestif vivait cette expérience *à sa place*. Elle était en moi de cette façon – une étrange manière, brevetée par la mélancolie, de faire l'amour à quelqu'un dont le corps est rentré chez lui. Son odeur me visitait : la fleur d'oranger, le mimosa. Bientôt ces restes invisibles de Valérie emplirent la salle ; Valérie était isotrope, s'évaporant dans toutes les directions de l'espace. Elle possédait deux présents, deux présences : la mienne, restée ici dans la fumée des cigarettes, mêlée à elles ; la sienne, enfuie avec elle-même, plus solide mais moins belle, moins prompte à faire rêver les fous.

2. – Dominique Marchandeau m'avait agrippé dans sa toile tandis qu'il vendait, sur les quais, des œuvres interdites de Louis-Ferdinand Céline. C'était un homme ridé, rougeâtre, au nez épaté. Il se rasait mal et ne sentait pas bon. De minuscules comédons s'infectaient, jusqu'au pus blanc, alentour des lèvres et le long du cou, qu'il avait de pintade et granuleux. Il possédait un accent de terroir. La campagne remuait sous cette trogne dont le front suait ; les oreilles étaient trop grandes rapportées à la dimension du visage ; le soleil les avait cuites. Par tous les temps, installé sur le fleuve qui avançait sans lui, fixe sur une péniche de granit où ses pauvres vieux livres étaient posés comme des steaks morts, il regardait passer les jours, la vie, et attendait la mort comme elle vient.

Il y a des gens pour qui la mort ne peut provenir que de la vie elle-même, qui à force de se continuer, naturellement s'interrompt ; d'autres meurent d'exception, par risque pris ou par surprise, par malchance, héroïsme – bêtise. Marchandeau mourrait d'avoir passé son existence dans le prolongement d'elle-même, ainsi que la Seine coulait à ses pieds. Il me présenta sa jeune femme, Isidora – un surnom, elle s'appelait Isabelle –, quelque jour pluvieux de novembre ; Marchandeau me proposa de dîner le soir même chez le couple, un minuscule appartement de la rue Albert-Marquet (Paris 20e). La moquette, tachetée de vinasse et de café, avait été salie par un chat désormais décédé ; la bête avait eu, avant de regagner le firmament, l'occasion d'exercer ses griffes sur ce que le lieu comptait de cuirs, de boiseries, de tissus. L'atmosphère restait imprégnée d'une urine lasse, endormie, qui tenait à perpétuer, année après année, le souvenir de Ricqlès, puisque tel était l'intitulé du félin.

Un vin de bourgogne fut servi à l'apéritif ; on alluma une radio grésillante où pétillait un jazz enfoui. Partout, sur le sol, des journaux obsolètes. C'était un endroit de bohème et de cuites ; des livres cornés formaient des pyramides, des terrils, des immeubles de guingois. Je remarquai la présence exagérée de San Antonio, que je n'avais jamais lu. C'est faux : j'en avais feuilleté quelques exemplaires, chaque fois les avais reposés fatigué à l'avance de ce que je croyais y trouver – la littérature devait résonner avec la pensée, trouver la parole de l'Être, dire l'homme et la mort de l'homme ; passer des heures à observer la gesticulation verbale de calembours et les prouesses sexuelles d'ectoplasmiques histrions (tout n'était que prétexte à mots, bons ou mauvais) m'exaspérait. Je ne suis toujours pas un grand lecteur de Frédéric Dard ; c'est sans snobisme que je lui préfère Stendhal. La « déconne » littéraire m'ennuie – je cherche, dans le livre, ce qui dévoile la vérité du monde ; quand ce dévoilement me fait rire, comme chez Proust, comme chez Céline, je ris aux éclats. Mais je ne goûte pas plus les comiques officiels – Dard en faisait partie – que les vrais ennuyeux, ceux pour qui le roman, excluant l'humour, se veut le réceptacle de l'esprit de sérieux et un prophylactique à la légèreté : Malraux.

Marchandeau commença gentiment le repas, narrant des histoires de naufragés : ceux de la société qui, s'ennuyant toute la journée, venaient consulter des livres, des magazines, des journaux, des revues qu'ils n'achetaient jamais ; ils passaient des heures, à toucher, de leurs doigts maigres, solitaires, dégoûtants, masturbateurs, les exemplaires plastifiés, étudiant la couverture sans jamais pouvoir en tourner les pages. Qu'importe : ils semblaient se désennuyer, raconta Marchandeau, à fixer leur attention sur quelques mots, pluie après pluie, automne après automne, jusqu'à la maladie, jusqu'au froid total, jusqu'au jour brutal à partir duquel ils ne viendraient plus – jamais plus.

On ajouta du vin au vin ; des rires jaillirent. On exhiba, l'œil mouillé, une photo de Ricqlès. Isidora, d'un geste maladroit, fit chuter la troisième bouteille de bourgogne, encore pleine. D'un bond, Marchandeau se leva, la tira par les cheveux, la roua de coups devant moi après l'avoir précipitée sur le sol. Isidora hurlait ; Marchandeau, de toutes ses forces alcoolisées, lança ses pieds dans le ventre d'Isidora. J'intervins ; la gifle que je reçus me sonna. Je n'eusse point deviné, dans cette outre à vinasse au verbe tonitruant, une telle efficacité dans la violence.

Marchandeau me saisit par les cheveux et me fracassa le nez contre le rebord de la table ; je crus mon appendice brisé. Je pissais le sang. Isidora pleurait à tue-tête. Personne dans l'immeuble n'intervint. Je renversai la table en signe de colère. Je n'aurais pas dû : cette réaction multiplia l'ivresse de Marchandeau, qui se mit à vouloir m'étriper. Il agrippa un tison de cheminée qui n'avait rien à faire chez eux, puisqu'il n'y avait pas de cheminée. Il décrivit des cercles avec l'arme et fracassa le lustre, dont les éclats giclèrent dans l'air furieux. Il avait abandonné sa femme, se vouant à ma seule personne. « Tu es mort ! » éructait-il. Il explosait tout ce qu'il rencontrait ; je manquai plusieurs fois d'être décapité.

Parvenu à m'extraire de cette furie, je courus alerter la police, qui – je le sus plus tard – ne se dérangea pas. Elle avait « l'habitude » ; ces exactions avaient fini par faire partie du décor. Une semaine plus tard, passant devant une brasserie, j'aperçus le couple face à face. Chacun dévorait un bifteck recouvert de sauce maronnasse dans laquelle baignaient des frites trop jaunes – c'est ainsi, marquons la parenthèse, que les Parisiens se nourrissent : de choses flanquées de crème ou barbotant dans les lipides ; ils passent leur existence à digérer cette matière, dans les bureaux où ils vitupèrent, dans leurs véhicules depuis lesquels ils se menacent de mort en beuglant, dans les rues remplies de déjections où ils grimacent en se demandant pourquoi ils s'imposent d'août à août cette ville invivable.

Ils étaient là, remplis tous deux de la séquence de bastonnade. Ce passé, cet événement de violence et de furie vivait à l'intérieur d'eux, assimilé, dompté, intégré – sécularisé. Il ne dépassait ni de l'un, ni de l'autre. La colère et les coups s'étaient dissous dans le petit cosmos formé par le couple ; les cris, les cheveux tirés, les côtes fracturées faisaient partie d'eux comme le bleu du ciel appartient à la mer. L'événement auquel j'avais assisté n'avait pas la tête d'une coupure ; le temps s'était écoulé normalement, sans chaos, sans accroc, sans la blessure entre ce soir-là et ce midi-ci. Ils étaient installés dans la continuité du monde – tout recommencerait exactement de la même manière : les mêmes prétextes, les mêmes hématomes, les mêmes éclats de voix, les mêmes douleurs. Les mêmes sanglots.

Isidora et Marchandeau partageaient tacitement cet épisode, l'irruption de cette démence, comme on partage un morceau de brie ; elle, lui, la séquence éruptive, résidaient à leur place, ainsi que la nuit les étoiles sur l'infini noir. Pas un bourdonnement ne venait les déranger : nulle rancœur, aucun regret. Ils se parlaient ; ainsi, ils avaient bel et bien des choses à se dire. Le monde extérieur n'avait pas de prise sur eux. Personne d'autre que moi n'eût pu deviner ce que l'un avait fait subir à l'autre ; s'il est bien quelque chose qu'on ne déduit ni ne devine, c'est ce dont sont capables les gens normaux loin des regards. Tapis chez eux, ils retournent dans leur enfance malade, dont ils s'avèrent les ventriloques brutaux, et rejouent les jeunes années, les uns en victimes nécessaires, les autres en bourreaux consentants.

Quand, espérant tout à la fois qu'il me vît et qu'il ne me vît pas, je repassai un mois plus tard devant son échoppe, le bouquiniste me héla, tout sourire : « On ne te voit plus, toi ! Tu boudes ? » J'étais gêné ; Marchandeau, non. Tout se déroula comme si de rien n'était. Lui faire *voir* ce qu'il avait commis était impossible et l'eût en quelque sorte contraint à loucher. Marchandeau n'était Marchandeau qu'entouré de vieux bouquins et flanquant à sa femme des raclées. L'isoler de ces deux vices eût été l'arracher à lui-même pour fabriquer un être imaginaire, taureau sans cornes, girafon sans cou. « Tu dînes avec nous ce soir ? » lança-t-il en épinglant une affiche en fac-similé d'un concert donné par les Doors le vendredi 5 juillet 1968 à l'Hollywood Bowl. « On écoutera les Mothers à s'en faire exploser les tympans. Je possède un pirate… Un client me l'a apporté. Sur cassette… Regarde. » Je connaissais ce *bootleg* – je n'osai lui avouer pour ne pas le vexer.

« Isidora serait ravie. Elle t'adore. » Marchandeau et Isidora vivaient dans un monde, je vivais dans un autre, nous nous rencontrions, tous ensemble, dans un troisième. Pourquoi postuler la continuité de l'univers quand, lorsque chacun pénètre dans la folie de chacun, un monde inédit se forme, qui n'a plus rien à voir avec nous-même ? « Tu pourras la baiser, si tu veux. Je vous regarderai. » Un rire épais s'ensuivit. « À toi de voir. Y aura un reste de gigot. Avec des haricots blancs. »

Je prétextai un rendez-vous prévu depuis longtemps, m'éloignai. Je me retournai pour regarder dans le froid le corps debout de Marchandeau ; il perforait la réalité, formant un trou bordé de gélatine. À l'intérieur de ce corps, il y avait des régions, des zones, des substances – des complications. Il y avait toutes ces incohérences qui font les hommes qui meurent.

3. – Je commençai de me mettre au travail ; j'avais une œuvre à faire. Ne me respectant pas (personne ne m'avait appris à le faire), je tentai de respecter ce que je me sentais capable de réaliser : de merveilleux livres, remplis de sentiments, de belles femmes, de drames finement composés. Tous les malheurs qui m'avaient frappé jusque-là avaient déterminé ma vocation, m'insufflant une volonté particulière et la sensation, riche de jouissance, que sur la feuille je devenais un titan. Ajoutant les mots aux mots, je ne risquais plus rien ni personne : c'est par invincibilité que je sauvais ma peau ; le réel ne me plaisait pas, seules désormais importeraient les aventures que j'imaginerais.

Je plains les écrivains qui, n'ayant rien à dire, sont obligés de raconter. Je possédais cette chance, unique, de n'avoir point assez d'une longue existence pour narrer ma courte vie. La douleur est pratique : elle se compose d'une infinité de souvenirs qui, alignés sur une page, confèrent de la densité à la phrase et prodiguent de l'énergie à la page. J'évitai l'écueil de l'acharnement : m'étaient infructueuses les tentatives d'écrire coûte que coûte ; plutôt que de m'acharner sur mon texte ainsi qu'on enfonce un clou dans le plâtre, je n'écrivis que par à-coups, par caprices – par fulgurances. Je me fichai du « rendu » : catapulté dans mon univers propre, petit caillou disgracieux dans un grand ciel pur, pour la première fois je me faisais confiance ; c'est rempli de cette vigueur, de cette ténacité magnifique que, loin des complexes et des hésitations, sans jamais freiner, je me précipitai dans la littérature.

J'avais, pour avancer, besoin de faire partager mon génie à des oreilles triées ; aussitôt fier d'un chapitre, je composais un numéro de téléphone pour communiquer à l'ami, à l'amie, telle avancée de ma fiction, telle prouesse de mon sang ; je m'étourdissais de ces trouvailles qui, après un long sommeil, ne paraissaient plus de moi – de telles saillies possédaient trop de puissance pour n'être pas d'un autre, par exemple de Claudel. Non : à la pointe de la nuit, vacillant de fatigue, persuadé de mes pouvoirs, j'avais agrémenté l'art littéraire de cette perfection neuve, de cette invention avant moi introuvée.

Je n'écrivis pas un seul roman, mais dix ; je mélangeais les trames, ne me souciant que de la phrase en cours. Plus tard, je rafistolerais le tout, je recueillerais les mélanges – dans un didactique souci réclamé par les lois de l'édition, je me souviendrais que le lecteur existe et qu'il s'agit de s'en soucier. Mon premier projet « racontait », sans jamais progresser dans l'intrigue tant je préférais déjà les sorties de piste et les digressions, l'histoire d'un jeune étudiant qui, chaque fois qu'il se rendait à une soirée, tentait de se donner la mort d'une façon différente ; ce scénario lugubre m'enchantait – riant aux éclats, j'en conçus une cinquantaine de morceaux avant de m'acharner sur une autre piste : celle d'un veuf qui s'invitait à toutes les soirées et qui, lorsqu'il parvenait à pénétrer chez les gens, était conduit sur le balcon, comme puni, mais sans que quiconque ne fît jamais allusion à cette humiliante relégation.

Pour faire le plein, je me mis à lire comme un pauvre diable ; j'avais l'habitude d'habiter les livres, voici à présent que je n'en sortais plus – ils étaient ma maison, ma cellule. Je logeais dans Balzac, dans Joyce, dans Bataille – dans Hemingway. Je n'aimais pas Hemingway – son style limpide, roublard, m'inspirait ce que m'inspirent ceux qui, lors d'un dîner, préfèrent se taire pour se donner un semblant de profondeur supplémentaire par rapport aux autres convives. Ce n'était pas du jeu – l'auteur de *Paris est une fête* était un tricheur, un barbu ventripotent, barbe poivre et sel, qui sacralisait la littérature, ce qu'il ne faut jamais faire, chipotant de la phrase alentour d'un bourbon vieux. Déjà, je honnissais les « professionnels » du roman, les artisans consciencieux, ceux qui prétendent que rien n'est plus « sérieux ni difficile » que d'écrire. Ce n'est pas Paris qui devrait être une fête, mais d'écrire au débotté, sans se soucier des mânes de la postérité, qui empestent la mort.

Stéphanie Sturt, dont les nattes étaient absurdes sur une fille de vingt-trois ans, avait d'abord entrepris de me faire l'amour ; je l'eusse accepté volontiers, mais je m'étais enfermé dans un discours stupide : de crainte d'un refus, j'avais dès le premier rendez-vous inventé qu'une amitié chaste s'avérerait la seule procédure supportable entre nous. Cet imbécile décret, dont je mimais l'importance par des gestes définitifs et des airs d'incorruptible clergyman, fut accepté par la belle – ce qui me mina ; je lui en voulus d'avoir entériné ce que, rêvant absolument du contraire, j'avais établi de force. Pas une seule fois, depuis l'édiction de ce masochiste règlement, elle ne fit allusion au désir que, de source sûre, elle avait dès notre première rencontre éprouvé pour moi. Chaque fois qu'hypocritement je tentais de contrevenir à mon code imbécile, Stéphanie se montrait plus stricte que moi. Elle refusait de désobéir à cette mienne loi qui avait exigé de son auteur qu'il se tirât une fois pour toutes une balle dans le pied.

Un soir d'automne, dans une taverne de la rue Cassette, je la saisis par la taille ; elle me dévisagea, consternée, comme un marsupial auquel on vient de marcher sur la queue. « Interdit ! » lâcha-t-elle. Je compris qu'elle était *réellement* choquée. Je craquai. Au milieu du vacarme, je lui tins ce langage : « Nous n'allons tout de même pas nous enfermer dans cette prison. C'est par panique d'une infortune que, prenant les devants, j'ai décidé de m'interdire les portes de ton casino. Je te propose que nous redevenions adultes et que cette attirance, que je sais que tu as pour moi, se décadenasse. Je nous rends notre liberté. Nous sommes jeunes et la chasteté, même pour de rire, n'a ni le moindre intérêt ni n'a le moindre sens. Plutôt que de traverser la capitale en marchant sur des feuilles sèches ou des trottoirs mouillés, nous ferions mieux d'aller chez moi et de nous pourlécher de concert. »

Cette improvisation, moins bien dite peut-être qu'elle n'est ici retranscrite (à moins que ce ne soit le contraire), fut suivie d'un solo qui résonne encore, trente ans après les faits, dans la tête du quinquagénaire que j'ai fini – malgré tant d'efforts restés vains – par devenir. « Tu te prends pour qui ? Tu édictes un dogme et tu en démissionnes ? Il est vrai que tu m'attirais, que je voulais te goûter, peut-être même te dévorer. Toi qui n'es somme toute qu'un amas de complexes – c'est du moins ce que tu t'emploies à laisser croire, c'est en tout cas le personnage que tu te plais à vouloir composer pour la galerie –, sache qu'une jeune femme, en l'occurrence moi, en voulait véritablement à ton corps. J'aurais rêvé de jouir avec toi, par toi, en même temps que toi. Mais, utilisant une vieille recette que tu as cru inventer, tu m'as dessaisie de mon désir dans la seule fin de te *protéger*. Aussi, ce n'est pas ton commandement auquel je me plie, ce n'est certainement pas à ta législation que j'obéis, ni à ton programme que je souscris, mais je constate que le peureux, le minable que tu es, me communiquant la mesquinerie de sa trouille, a éteint la frénésie de ma flamme. Je t'aime toujours bien, mais je ne suis plus aimantée vers toi : rien n'est davantage prompt à décourager une femme, surtout sexuelle comme je le suis, que la manifestation de la prudence. C'est pourquoi, bien qu'heureuse en ta présence, bien que consciente d'être chanceuse de te côtoyer, je ne veux pas, je ne veux plus que tu me touches : mon corps, pour les raisons que j'ai dites, ne l'accepte pas, ne l'accepte plus. Il se refuse catégoriquement à tes audaces. Tu ne me toucheras jamais plus. Cela me choquerait, cela me désobligerait. Cela me violerait. On reprend un gin tonic ? »

Je rentrai chez moi désespéré ; une pluie battante me fouetta. Je n'avais pas de parapluie, pas d'argent pour le taxi. Le dernier métro était passé. Je marchai du Quartier latin à la rue Saint-Maur. Saucé, je me séchai hâtivement et me précipitai sur un bloc de papier à lettres – l'encre s'y dissolva, se mêlant à l'eau de pluie. J'entrepris d'écrire une histoire d'amour dont Stéphanie serait l'héroïne ; ces chapitres, plus tard, seraient détournés de leur destination première pour être utilisés, après quelques aménagements et collages, dans *Jubilations vers le ciel*.

On ne compose pas un livre comme un bouquet ; on entasse toutes les contradictions possibles, toutes les possibilités contradictoires. On trempe tous les brouillons qu'il faudra dans une bassine d'eau de pluie. On amasse, on mélange ; on oublie les circonstances, on méprise les incohérences ; jamais, au grand jamais, on ne se soucie de paraître

« littéraire ». Concentré, oublié dans la nuit de l'automne, trempé comme un prospectus sur le bitume des villes, j'étais heureux. Un monde s'ouvrait à moi et c'était le mien.

4. – Au début des années soixante-dix, Pierre Goldman fut condamné, avant révision de son procès, pour l'assassinat de deux pharmaciennes boulevard Richard-Lenoir. Il s'agissait d'un crime crapuleux ; le coupable en voulait à la caisse. De nombreuses vedettes, de Jean-Paul Sartre à Simone Signoret, s'étaient battues pour obtenir une révision de la sentence. Goldman fut libéré au bénéfice du doute bien que personne ne doutât de sa culpabilité. L'innocence de Goldman était une production politique, le fruit miraculeux d'un terrorisme intellectuel enfin mûr.

J'avais longtemps été convaincu de l'innocence de Goldman, de l'injustice qui l'avait frappé. C'est son premier ouvrage, lu dans le miséreux perchoir que j'ai dit, qui me fit doucement flancher. *Souvenirs obscurs d'un Juif polonais né en France* relevait bel et bien du monument de mauvaise foi. Jamais culpabilité ne m'apparut plus limpide. Goldman avait placé tant d'énergie, convoqué tant de subtilités pour prouver son innocence qu'il ne restait plus, au milieu des mots, que l'évidence d'un coupable génial plutôt que celle d'un innocent talentueux. On avait sous-estimé ce gauchiste. L'as du coup de poing qui traînait ses guêtres à Assas pour cogner les fascistes, haussant facilement la voix, avait décidé depuis les murs de sa prison de devenir le premier intellectuel à plaider sa cause. Ce fut, dans la manière de se défendre, l'avocat le plus intelligent qu'on pût trouver. Il parvint à démontrer qu'il n'avait aucune raison d'avoir tué. Mieux : que son aventure personnelle lui interdisait tout crime de sang. C'était à la fois trop banal et trop barbare pour lui. Certes, il eût pu éliminer des caciques, des industriels ou des ennemis de la révolution : mais pas, pour quelques billets, deux pauvres femmes sans défense. Sa malédiction intime, celle de tout un peuple depuis cinq mille ans, consistait, avait toujours consisté à être hors sujet avec les accusations portées contre lui, à être étranger aux condamnations qu'on ordonnait contre sa personne. « Je suis innocent parce que je suis innocent. » Il eût pu clamer : « Je suis juif parce que je suis juif. » Cette prose clinique et lumineuse, flamboyante et juridique, il venait de l'inventer – son être-juif, pour le dire comme Levinas, s'arrimait à cette culpabilité naturelle, à ces immémoriales procédures à l'iniquité obscène et toujours recommencée : non seulement je suis juif, mais je suis juif parmi les juifs. Je suis condamné chez les condamnés, conspué chez les conspués ; me voici devant vous innocent au carré.

Mon destin était d'être puni, et de l'être injustement. Mon destin était d'être choisi parmi les choisis ; d'être innocent parmi les innocents en étant le seul désigné. Qu'allez-vous faire de moi ? Qui allez-vous juger ? Que jugerez-vous en moi, à travers moi ? Goldman n'avait pas hésité à jouer de cette fibre ; lui qui fut mon héros, je lui en voulais. De quel droit convoquait-il judaïsme et judéité pour s'arroger la posture du condamné à tort ? Sans cette machinerie de minuties parachevées, sans la multiplication des arguments existentiels, des raisons essentielles, des explications philosophiques et des positions politiques, j'eusse continué à clamer, avec lui, moins bien que lui, sa pure innocence. C'est lui, rien que lui, qui à mes yeux se dénonça. On ne peut être que coupable lorsqu'on se défend si bien. L'innocent, par un relâchement flegmatique qui entérine la fatalité de la bêtise et les aberrations de l'aveuglement des hommes, aurait tendance (tel était mon raisonnement) à se terrer dans son accablement ; tellement affaibli, tellement dépité que les ressources pour convoquer toute l'intelligence requise en seraient asséchées – préférant laisser aux avocats, plus clairvoyants dans le brouillard, mieux avisés pour dénouer l'arbitraire d'une sentence, le soin de la défense. Les innocents, les vrais, ceux qui n'ont rien fait, se battent moins bien, se révoltent avec moins de force et de verve que les coupables.

L'innocent s'accable lui-même – il est plus simple d'être accusé injustement que de l'être justement. L'homme est ainsi fait qu'il accepte moins encore son jugement quand il est juste que lorsqu'il ne l'est pas ; le meurtrier conçoit le verdict comme une injure quand le condamné par erreur l'accepte comme une fatalité.

Lisa Brink-Levas habitait à Bastille un immense appartement bordélique. Elle me proposa de m'y installer un jour qu'elle m'aperçût, dans un troquet jouxtant la bouche de métro Saint-Paul, en train d'annoter *Souvenirs obscurs d'un Juif polonais né en France*. « Vous aimez ? » Oui. « Je suis une ancienne amie de Pierre. Je l'ai *très* bien connu. » Lisa était une des anciennes maîtresses du rebelle. Elle fumait des gitanes roussâtres qui faisait jaunir ses ongles et pâlir son teint ; des cheveux blancs poussaient au milieu des noirs, attestant de ce que l'époque des tracts et le temps des maos commençaient à devenir farineux.

Elle me décrivit des séances de triolisme avec elle, Pierre et Louis – Louis Gaffin, le « meilleur ami de Pierre ». « Pierre », à l'instar des gens qui n'ont aucun ami, n'avait que des meilleurs amis. Elle sortit des photos : Louis et elle, elle et Louis. Goldman ne figurait sur aucune. Sans doute Lisa exagérait-elle sa proximité avec le juif polonais né en France ; deux caresses un soir, un missionnaire après deux bières, dans un jet de rires, quelques trafics – vingt ans plus tard la geste devenait celle de trois guérilleros partouzards recherchés par Interpol pour avoir tenté de vendre des kalachnikovs au Che. Je me méfie des sagas racontées sous le coup de la picole, de leurs imprécisions, de leurs audaces scénaristiques, de leurs incohérences chronologiques. Incapable de confondre deux dates de la défection de Louis-Philippe à nos jours, j'enregistrais, ayant la courtoisie de ne pas les souligner, les aberrations que multipliait, à l'heure du vin qui pique, le récit de Lisa. Comme nombre de soixante-huitards s'aigrissant, elle avait eu la chance de vivre sur un pécule fameux, hérité d'une famille aisée d'Argenton qui avait fait fortune, à partir de 1850, dans l'industrie de la fonte et l'affinage des métaux. La bourgeoisie avait eu ceci de pratique, dans le parcours de Lisa, qu'elle avait pu lui offrir des motifs de rébellion et des aisances de vie ; quant à son dégoût naïf de la famille et des biens, celui qui du temps de sa belle verdeur farouche ne s'était exprimé que par slogans et crachats, elle avait su le modérer avec le temps, comme ces fauves qui, comprenant que l'âge est là, conçoivent moins la savane comme un terrain de chasse que comme une étendue propice au sommeil.

Elle essaya une ou deux fois, convaincue de m'avoir saoulé, de me fourrer dans son lit. Je parvins sans mal à m'esquiver ; j'ai toujours eu le prétexte imaginatif. J'eusse pu vendre les meilleurs scénarios aux meilleurs scénaristes – l'instinct de dignité accouche chez moi de merveilles. Chez elle, l'air était vicié par le tabac flottant ; on vivait dans les nuages. Elle n'exigeait aucun loyer, me demandant de garder l'appartement en son absence. Elle s'en allait trois jours par mois : « Je suis allée me faire sauter. Ça fait un bien fou. » Après un rire de déjà vieille femme : « Tu ne sais pas ce que tu rates ! » Elle dressa la liste de ce qu'elle aimait faire au lit, insistant sur sa patience, son expérience – sa vitalité. Elle oubliait son hygiène. Elle prolongeait en elle une jeunesse qui s'était depuis propagée à travers d'autres corps que le sien. « J'adore sucer des queues. Je peux faire ça toute la nuit. » Résidait dans ce « des queues » un aveu clinique qui me perturba. Le propriétaire de l'attribut sexuel l'intéressait finalement peu : ce qu'elle réclamait c'était l'appendice abandonné à lui-même dans sa radicale biologie. Lui eût-on apporté, comme il en va des sushis, quelques pénis à se mettre en bouche qu'elle se fût cloîtrée dans sa grande chambre à plafond haut avec son plateau-repas.

J'avais bien fait de repousser ses assauts. Je n'étais pas un sexe générique ; je n'étais point pourvu, entre les deux jambes, d'un corps spongieux interchangeable. Lisa mourut, un an jour pour jour après notre rencontre, d'un infarctus intestinal. Elle possédait trois amants réguliers : dix-sept, dix-huit et dix-neuf ans.

5. – Amélie Vasseur avait six ans de plus que moi. Son père, originaire de Lituanie, avait croisé Emmanuel Levinas dans sa jeunesse. Après la guerre, la famille, juive, avait décidé de se choisir un nom français approximativement traduit du patronyme immémorial – j'avoue l'avoir oublié. Jamais, à cette époque, je n'avais ouvert un livre de Levinas. Seul Martin Heidegger m'agréait. On voyait du jargon là où tout m'apparaissait pensée géniale – poésie pure. Jamais Heidegger ne me quitterait ; j'eusse pu passer une vie entière à disséquer ses cours. Hélas, l'existence humaine n'est pas extensible aux infinis que l'on voudrait : vivre, agir, ressentir m'apparut plus important que de me cadenasser dans les livres sans fond du maître de la Forêt-Noire. Cette étude maniaque adviendrait après ma mort, quand je jouirais devant moi de l'éternité pour en faire scintiller toutes les nuances, en capter tous les sons, y compris les mieux étouffés. Non sans héroïsme, je me présentais aux autres comme « heideggérien ». On ne s'étonnera guère qu'aucune fille ne se pâmât à tel *coming out*.

L'heideggérien passait les soirées festives seul à seul avec son gobelet, rempli d'idées sur le *Dasein*. Je me scandalisais de ce que chacun, à ma fort notable exception, pût happer dans la masse dansante une jeune et consentante proie. Ainsi les couples se créaient-ils sous mes yeux dans les boîtes et les bars, les anniversaires où je ne connaissais personne, les raouts improvisés, les fêtes estudiantines. Je mimais la gravité, feignant d'être absorbé par des concepts inaccessibles à ceux qui, à quelques centimètres de ma philosophante entité, s'embrassaient à pleine langue comme s'ils fussent seuls sur la lune. Leurs gestes me bousculaient ; mon Coca-Cola chaud, mêlé au whisky, se renversait sur mon pantalon. J'adressais, bien que victime, un sourire contrit aux membres du couple, qui se demandaient de quoi je m'excusais.

Je me levais alors, faisant mine d'être convoqué plus loin, au milieu des lasers ou dans telle alvéole ombreuse à canapés de cuir mous. Je buvais peu quand boire était abusivement payant ; me saoulais si les boissons étaient servies *ad libitum*. Je ne dansais jamais. Lorsqu'un corps, une frimousse, me semblait accessible – c'est-à-dire sympathique –, je m'en approchais pour me dandiner devant, verre en main ; ce qui ne m'avait pas tué par dégoût de ma physionomie m'éliminait par excès de ridicule. Lorsqu'on danse, il faut danser. Qui n'esquisse que des roulis, ne fait que se déhancher, n'ose pas précipiter son corps dans l'exagération que la musique suppose et que le rythme exige, ressemble à un homme qui finit par rejoindre une bagarre après qu'un colosse venu le défendre vienne y prendre part : c'est un lâche. Ce que les femmes adorent chez un homme qui danse, ce n'est pas la qualité de sa prestation, c'est l'abrogation en lui de toute crainte du ridicule. C'est le spectacle donné d'une preuve d'assurance, de confiance en soi, du pouvoir de résister aux quolibets et de se jouer des moqueurs, en public qui plus est et devant un parterre de créatures souvent impitoyables et de concurrents toujours malveillants, qui suscite l'admiration. Danser, c'est bannir toute hésitation, tout bégaiement, plonger : tel qui tergiverse est immédiatement repéré – c'est un homme mort. Quand bien même, deux heures après son arrivée, se mettrait-il à déployer l'énergie d'un damné, qu'on le prendrait pour un fou furieux, un désespéré prêt à tout pour rapporter du gibier dans son antre avant la fermeture. Ne jamais fréquenter ces lieux sans l'aisance qu'ils exigent ; on ne s'élance pas dans les eaux froides du Pôle sans combinaison.

Tout s'apprend. Je me mis à étudier l'aisance comme d'autres le Talmud. Je ne pris pas de cours, car je ne connaissais personne qui pût, même moyennant rétribution, m'inculquer les règles du toupet et les rudiments de l'affirmation de soi. Ce fut devant un miroir en pied, acheté aux Galeries Lafayette, que, sur fond de musique à la mode, j'enfilais toutes les poses requises pour aimanter les maîtresses convoitées. Je roulais la hanche, arquais les épaules, bombais le thorax ; dans une obscurité étudiée – rougeâtre, striée de jaune – j'exagérais des moues lippues, plissais les yeux façon John Wayne. Mon souci restait le sourire : vingt ans de coups de pied, de poing, de gifles, de rallonge électrique et d'ébouillantements causés par mon géniteur – dont le décès n'arrivait toujours étonnamment pas au prétexte scandaleux qu'il n'était point en âge de mourir – avaient aboli en moi toute propension à afficher un air joyeux. Je n'étais pas « avenant ». Dansant devant la glace, je me fis penser à un croque-mort le jour de l'Armageddon. Mon visage, d'une tristesse endémique, ne voulait jamais correspondre à la joie de mon corps. Sous le cou, la frénésie vitale ; au-dessus, une morbidité d'acte funéraire.

Amélie Vasseur me surprit, lors d'une sinistre « boum HEC » donnée dans un hangar installé près du canal Saint-Martin, dans cet exercice de gesticulation artificielle où, mi-vivant mi-mort, allumé du bassin et éteint du visage, elle dut me prendre pour une sorte de Minotaure. Son sourire était large comme une ondée. Elle s'avança vers moi riche d'un naturel dont, même après des mois de révision et de leçons particulières sur le naturel, j'eusse été incapable. J'entendis mal ce qu'elle me lança – Clash et leur tube le plus indigent avaient couvert ses mots. « Je suis heideggérien », répondis-je. Elle fronça les sourcils, souriant comme on gronde ; l'expression de son visage signifiait que je valais mieux que cette saillie de potache, visant à me soustraire vaniteusement à la masse alors que précisément je me trémoussais en son suant barycentre. Son expression avait signifié : « Tu vaux mieux que ça. » Bien sûr que je valais davantage que toutes ces momies en transe, ces étudiants sans culture dépourvus de destin, quand je m'étais promis de serrer la main de Gide et de Péguy.

Elle se plaça devant moi, dansa devant moi, posa ses mains longues et fines, et blanches, sur mes épaules. Des lasers cisaillaient son visage. Dans cette lumière hachée, qui nous faisait jaillir par taches, j'eus la sensation que ma laideur était tranchée en fines lamelles, qu'elle se voyait moins, un peu comme un bifteck qui, une fois découpé en mille, ne présente plus son allure clinique d'abattoir, sa gueule à l'étal, piqueté de son prix au kilo, de barbaque froide, éternelle, préhistorique – animale.

Elle se tortillait telle une diablesse, en débardeur vert pomme moucheté de sueur. Elle prit mes mains qu'elle laissa poser sur ses hanches. J'eus le sentiment de tenir entre les pattes un paquet de lessive, un colis, la Vénus de Milo, un poste de télévision – mais n'osai pas croire qu'il s'agissait d'une femme. D'un regard méfiant, je scrutai l'alentour pour y deviner de quel pari j'avais été l'enjeu, de quel méchant défi j'avais été la cible naïve. Je cherchai le coup fourré. Je doute incessamment de ce qui m'arrive, quand ce qui m'arrive n'a pas comme intention première de m'abattre, d'intention radicale de m'humilier. Alors, parmi les éclats de bonheur que je recueille, suspicieux, sans jamais en profiter comme il faudrait, je ralentis l'instant vécu, je fais en moi taire toute musique, je suicide *in petto* la moindre liesse et je cherche – je scrute le décor, à la façon d'un radar, pour trouver une explication crédible à l'irruption de la chance dans mon paysage, sinon pour débusquer l'auteur du méchant tour à mes dépens ourdi.

« Déstresse, Heidegger ! » sourit Amélie ; elle se mit à caresser mes cheveux. « Tu es beau. » Elle roula sa langue dans mon palais ; ce fut comme une boule de feu. Elle avait bu de la vodka au citron. Elle me parla au milieu du brouhaha de sa famille ; me révéla son prénom, son nom. J'écoutais sans entendre ; ou l'inverse, je ne sais. Mon cœur palpitait. Après deux ou trois regards de méfiance lancés autour de moi par souci de vérification, je me convainquis que le bonheur existe et que je le tenais par les hanches.

Je lui proposai un verre ; elle accepta, me suivit au bar. Je sentis sa main dans ma main. Elle fut happée par un ami, qui la salua en se trémoussant. Elle me fit un geste signifiant : « J'arrive tout de suite. » Elle ne revint jamais. Après une heure passée à la chercher au milieu des corps stroboscopés, j'abandonnai. J'avais eu la même sensation, à la mer, perdant ma montre dans l'eau ; avec un masque, pendant une heure, malgré le ressac, j'avais cherché le précieux objet. Elle ne devait pas être loin – pourtant, *tant que je ne la retrouvais pas*, l'infini me séparait d'elle.

6. – « Delphin Drach » n'était pas un pseudonyme. Il ne s'agissait pas d'un nom de plume, d'une identité de nègre littéraire, d'un travestissement patronymique pour pénétrer le monde des arts ou se faire mieux remarquer de nos contemporains. « Delphin Drach » était bel et bien l'intitulé de Delphin Drach. Je l'avais rencontré aux abords de la gare du Nord, dans la salle d'un « restaurant » mauvais pour la santé. Drach était alors en repérages pour une société de production ; il aidait son réalisateur, Jean-Michel Lacasse, dans sa recherche de sans-abri acceptant de jouer leur propre rôle dans un long-métrage, *J'ai froid.* Je mangeais des frites grasses en tachant *Libération* – la une était consacrée aux accords du GATT.

On ne disait déjà plus « sans abri » ; on utilisait l'acronyme « SDF ». Il était plus aisé, pour la communauté des abrités, de dénommer sous cette forme abstraite, privée de vie, par conséquent nettoyée des souffrances qui sont la grande affaire de l'existence, de mettre en initiales – ainsi qu'on met en équation – les destins qui ne s'emboîtent pas dans les standards de la société. « SDF », « BNP » symbolisaient deux manières de choisir son mode d'existence ; l'une, par le trottoir et un futur sans avenir, un futur recommencé chaque matin à l'identique, tel un galet dont l'immuable visage signe la stagnation têtue du temps ; l'autre, par la chemise blanche et la cravate nouée, concentrée sur l'épargne et incarnée par les taux d'intérêt.

Je me figurais le métier d'écrivain, qui n'est pas une profession, comme un intermédiaire entre dormir sous les ponts et partir en vacances dans le Lot parmi des enfants nourris de lait frais en compagnie d'amis travaillant dans le marketing. Écrivain, c'était vivre entre deux eaux : vivotant, mais fier, entre le bitume et le chéquier. J'avais toujours abhorré l'affreux mot de « saltimbanque » ; c'était la récurrente expression des artistes installés, reconnus – célébrés. Se désignaient comme « saltimbanques » les amateurs de yacht qui, ayant commencé comme tout le monde par quelques mois de vache enragée et de parisiennes humiliations, passaient dorénavant leur vie sur l'île Maurice, sous un ciel sans idées ni tourments, ou à occuper sans arrêt les plateaux de télévision.

Drach ne jurait que par les filles. Sa laideur était compensée par la circulation, dans ses artères, de l'immarcescible amour que sa maman lui avait inoculé durant son enfance. Aussi doutait-il de tout, sauf de lui. Jamais, je crois, je n'avais vu en exercice telle aptitude à se penser le meilleur, le plus élégant, le plus heureux au grand jeu de la séduction – il misait sur toute créature qui lui agréait, et je puis témoigner que leur nombre était conséquent. Il n'eût pas supporté que son désir restât une hypothèse inachevée, une pulsion ravalée : « conclure » était cela seul qui lui importât. Pour résumer Drach, parler de « courage », de « témérité », de « culot », de « toupet » n'eût point été convaincant : il ne percevait pas les difficultés, restait aveugle aux obstacles. Tout se déroulait comme s'il consentait à prendre sur son temps libre, son propre loisir, ses occupations prépondérantes pour complaire à la femme convoitée. Bref, il *condescendait* à séduire les plus jolis spécimens que Paris pouvait offrir à la gourmandise de ses contemporains.

Drach possédait ceci de particulier, d'impressionnant, qu'aucune déconvenue n'était une déconvenue :

un « non » n'était pour lui qu'un « oui » différé. Il existe deux espèces de mâles : les anciens petits garçons choyés, que l'idée de la femme, calquée sur la mère amoureuse de sa progéniture, n'effraie jamais ; les déshérités de la tendresse maternelle, dont l'assurance est concassée. Quand ils approchent une fille, les premiers ont l'air de réclamer leur dû ; les seconds se demandent sur quelle joue frappera la gifle. Membre de la catégorie des humiliés d'avance, des perdants intemporels, des toujours déjà vaincus, je n'avais qu'admiration pour les habitants de la planète opposée. Je regardais Drach faire : sans effort, avec un éclat de rire, maniant le compliment comme on remue une badine, il pratiquait l'art de la douche écossaise comme personne. Il retirait chaque compliment fait par une perfidie bien ajustée : Drach devinait les cicatrices de ses élues à la vitesse de la foudre ; il lisait sur leur visage les épisodes douloureux de l'enfance et parvenait à malaxer jusqu'aux soubassements de leur être ce qu'elles recelaient de matière malade, de souvenir maudit – de cauchemar inachevé.

Les filles regardaient Delphin comme un demi-dieu. Comment diable cet homme, disgracieux dès l'abord, qui devenait irrésistible à mesure qu'il leur parlait – et surtout les écoutait –, les connaissait-il si finement ? Par quelle science, sortie de quel manuel hors commerce, pouvait-il si bien déchiffrer la bible tellement close de leurs mystères et décrypter avec autant de précision leurs silences les plus enfouis ? « Vous êtes folle, mademoiselle, mais nous ne sommes que deux à le savoir : vous, et désormais moi. Vous êtes folle d'une folie que j'aime. Celle que nul ne peut voir, celle que personne en dehors de moi ne sait deviner. » J'assistai à cette scène ; Béatrice (je me souviens de son prénom, je revois son buste moucheté, j'avais moi aussi envie d'elle) s'était ouverte comme une tulipe au premier rayon du soleil. J'avais vu, sur ce visage, passer la lumière qui dénonce chez la femme l'inestimable joie d'être comprise enfin. « Je vous rassure : ce que je vous dis ne concerne en rien votre apparence. Je sais que vous en avez marre de votre beauté. Moi-même, après vous avoir observée pendant dix longues minutes depuis ma place, j'en suis à présent lassé. Vous valez mieux que vos traits. Faisons comme si vous étiez laide et n'en parlons plus. »

Bien sûr qu'il s'agissait là de manipulation. Seulement, cela fonctionnait ; ses mots parvenaient à percer les plus inaccessibles zones de ses cibles. Avec Drach, les femmes se livraient ; elles s'abandonnaient. Elles avaient trouvé – il était temps – un homme qui les comprendraient pour toute la vie ; un homme qui avait eu l'honnêteté, sans peur de les froisser ni hantise de les vexer, de leur asséner les vérités qu'elles méritaient. « Même les plus sublimes, *surtout* les plus sublimes font de gros complexes, me lança Delphin. Ne crois jamais qu'une bombe se voie comme une bombe : se consultant dans la glace, elle se tuerait pour n'avoir plus ce nez en patate, ce menton qui regimbe – alors que ledit nez est atrocement mignon et que nous voudrions lécher ce menton jusqu'à la mort des siècles. Ses jambes, elle les assimile à des poteaux kilométriques et ses hanches, prêtes pour les positions sexuelles de la cavalerie, lui semblent imitées du cul de la jument. Le cul, parlons-en : elles ne pensent qu'à lui, qui fait d'elles – elles en sont persuadées – des culbutos humains. Le plus éminent mannequin, l'actrice la plus frêle se sent atrophiée par ce boulet qui l'attire vers le sol. Les femmes se sentent deux avec lui, à cause de lui ; elles le transportent telle une enclume. Alors que nous autres nous damnons pour ça : les popotins moulés. » Je détestais ce mot de « popotin » que Drach employait souvent. Il m'avoua plus tard que cette partie du corps était de loin sa préférée, que le visage de ses compagnes n'arrivait qu'en seconde position dans le déclenchement de son désir. « Je peux passer des heures à contempler des fesses. » Cet esthète était comblé, tant sa couche, jamais refaite par manque de temps, ne cessait de se remplir à mesure qu'elle se vidait. Je fus l'ébahi témoin de ce carrousel de la concupiscence. Cela n'arrêtait pas – plus une fille m'impressionnait, me faisant incliner le visage en direction de mes souliers de mauvaise qualité, plus Drach se montrait naturel et décomplexé avec elle. Il n'hésitait jamais, auprès des mieux loties par la nature, à dégainer les blagues les plus paillardes, à faire jaillir de son corps les bruits les plus incongrus.

« Plus elles sont divines, plus je me lâche, aimait-il à répéter crânement. Je les souille au prorata de leur magnificence. Avec une moche – que Dieu me garde de sortir avec une moche ! – je serais peut-être gêné. Tandis qu'avec une déesse, je me sens comme une carpe du château de Fontainebleau dans son bassin. Un physique parfait, un visage de top model, un corps de Vénus assène à mes tripes de grosses pulsions de pure porcherie. C'est ce qu'elles sentent et aiment chez moi : je suis le seul à refuser de les respecter. *Jamais* je ne les respecte ! Malgré toutes les bêtises que profèrent les féministes à longueur de discours, les femmes ont le respect en horreur. Moi, je salis ! Je cochonne à tout-va. C'est la raison pour laquelle elles ne peuvent plus se passer de ma personne. Tu devrais réfléchir *calmement* à tout ça. Ça changerait ta vie. Tu les fais fuir avec tes prévenances ! Cesse de les respecter, tu verras. Elles viendront te manger dans la main. »

Je rentrai dans mon antre humide ; je regardai les moisissures vertes sur le mur. Je mis dans mon radiocassette à piles un concert piraté des Mothers of Invention au son étouffé. Et commençai, adressée à une inconnue croisée deux fois à la bibliothèque de Beaubourg (une rousse habillée en *vert*, puis en *rose*), une lettre qui, trois jours plus tard, serait sinon riche, du moins épaisse, de soixante-douze pages. La lettre se trouve actuellement chez moi – dans une armoire. Elle est âgée de vingt-cinq ans. Mon âge quand je l'écrivis, sans oser la remettre à sa destinataire.

7. – « Tu ne peux plus rester comme ça, s'agaça Drach. Il faut que tu rencontres une bombasse. Je vais t'en présenter une. Je dois regarder ce que je possède en stock. Je peux me saigner un peu. J'attends de nouveaux arrivages. Ça ne me coûte rien de te refiler un de mes vieux dossiers. Habituellement, j'évite de le faire : mes amis ne m'en sont jamais reconnaissants. Et puis, même si séduire m'est aussi facile que d'uriner, je trouve un peu fort de café de céder des femmes que je suis parvenu, par mon seul charme, à harponner comme un grand. Je ne suis pas l'Armée du Salut. Je ferai une exception : cette exception sera toi. Tu me fais trop de peine. Surtout quand je vois les pellicules tomber comme neige sur le col de ta veste – qui est élimée, je tiens à te le dire, et les femmes n'aiment pas les costumes qui brillent de crasse et qui sont élimés. Tu es crasseux mon ami. Crasseux tout plein. Cela te jouera des tours. Le vingt et unième siècle est à deux pas, et tu as encore des pelloches. Il y a là quelque chose qui m'échappe. Il va falloir que tu m'aides à t'aider. Je veux bien avoir la mansuétude, la gentillesse et la bonté de fourrer dans ton lit d'adolescent attardé les plus belles escalopes de la capitale, mais j'attends de toi, en lieu et place de remerciements dont de toute façon je ne verrai jamais la couleur, un minimum de tenue. Tu es sale. Même quand tu es propre, tu es sale. Il faut éradiquer cette plouquerie que tu trimballes en permanence. Tes jeans trop larges, tes vestons mal coupés, tes imitations de Weston achetées en promotion à ton Auchan d'Orléans, ton Carrefour de Tours, ton Cora de Reims ou ton Suma d'on sait trop où ! Tout ça c'est terminé. J'ai une mauvaise nouvelle : tu vas devoir investir ! Tu ne fais pas envie. Ta démarche est hésitante, ton pas est timide, ton squelette est courbé. Cette scoliose que tu entretiens me porte sur le système ! Tu n'es pas assez grand pour être voûté. Redresse-toi. Souris. On dirait que tu passes tes nuits dans les cimetières. »

« Je voudrais bien aussi que tu cesses de te faire couper les cheveux par les Rastaquouères en bas de chez toi. Ils manient le ciseau comme des charcutiers. C'est pas du boulot. Sans être un prix de beauté, tu possèdes une *gueule*. Tu es un moche à fort potentiel. Un laid susceptible de faire des ravages. Essaie d'être drôle avec les filles comme tu sais l'être avec les hommes. Je t'ai observé : aussitôt qu'une fille se pointe, soit tu disparais, soit tu t'affaisses. Tu es tétanisé. Tu es complexé. Tu perds tes moyens. Pas bon ! Les femmes jouissent d'un indéfectible instinct : elles hument comme de petits animaux truffiers les gars qui ne s'aiment pas. Un homme qui manque d'assurance est un homme qui se noie. Une fille choisira toujours, au milieu d'un essaim de prétendants, celui qui montre le plus d'appétence pour la vie. Elle n'a pas totalement tort : le calcul implicite qu'elle fait – c'est inné – est que seul un homme heureux saura la rendre heureuse. Bien sûr, l'existence est plus compliquée que mon schéma, qui n'est qu'un principe parmi les exceptions : les névrosées, qu'on cueille dans nos rues ainsi que les pâquerettes, fourmillent à Paris comme ailleurs. Leurs calculs visent moins à se poser en douceur qu'à s'écraser sur la lune ; aussi choisiront-elles, avec une précision qui signe leur folie et force le respect, le partenaire qui saura les martyriser comme personne. J'ai bien peur, dans ton cas, à cause de tes manies d'écrivain et des livres illisibles que tu alignes, que ton sommier ploie davantage sous le poids des foldingues que sous celui des esprits-sains-dans-un-corps-sain.

Qu'importe : à chacun sa croix. Mais change de pompes et tiens-toi droit. Jette aux ordures cette eau de Cologne qui embaume tout à la fois la vieille prof d'anglais bigleuse et le thym fané des pagnolades. Fronce moins le sourcil et ne parle plus de James Joyce. Installe bien dans ton crâne, entre deux concepts, que celles que je vais t'offrir – toutes validées par mes soins, toutes *drachisées* – ne s'intéressent pas autant que toi aux *Nourritures terrestres* et à *Notre jeunesse*. Il faut même – je te l'annonce sans ménagement – que tu t'attendes à ce qu'elles ne s'y intéressent pas *du tout*. Je sais, c'est dur – mais c'est ainsi. Ce que voudra Marion, dont les seins sont gorgés de bon lait frais et parsemés de roux confettis, ce n'est pas que tu lui apportes un éclairage sur le doigté de B.B. King ou la carrière diplomatique de Saint-John Perse, mais que tu plantes ta tête dans son string et que tu lui mordilles l'entrecuisse jusqu'à ce que sa petite tête de linotte se dévisse. Roselyne, à laquelle je pense pour toi samedi qui vient, ne restera pas longtemps à écouter ce que tu as à lui révéler sur Lessing, car Lessing ne l'intéresse pas. Ce qui l'intéresse, c'est que tu lui glisses ton souriceau dans la myrtille et que tu lui susurres à l'oreille de formidables cochonneries. Idem pour Inka, la plus vicieuse de ma collection, que je ne te prêterai – celle-là, je la prête, je ne la donne pas – qu'à la stricte condition que tu ne l'emmènes pas "faire un tour" devant la boutique des *Cahiers de la Quinzaine* ou sur la tombe de Raymond Russel !

— R*ou*ssel.

— Tu vois, tu recommences ! Tu ne peux pas t'en empêcher. C'est fou quand même ! Oublie Inka. Je ne vais pas risquer un dossier de cette ampleur à cause de ton Raymond mort. D'ailleurs, si tu préfères retourner chez toi le lire, plutôt que de faire beaucoup de bien à ton corps avec mes copines, n'hésite pas à le dire. Elles n'ont pas que ça à faire, que de traverser Paris pour te dévisser la tête ! On ne peut pas aider les gens contre eux-mêmes. Si tu décides d'embrasser une carrière de prolétaire du sexe, ça te regarde. Personnellement, je préfère sentir battre le pouls de ma tige dans la paume d'une Ukrainienne. Péguy a sans doute des qualités, je suis tout prêt à le reconnaître. Je lirai ses œuvres complètes après mon décès, si tu le veux bien. Avant, tu m'excuseras, j'ai d'autres choses à faire, comme baiser, par exemple. »

Drach me présenta une superbe rousse au nez pointu. Elle ne me donna en effet nulle envie d'engager la conversation sur Schopenhauer, Descartes ou Spinoza. Je me souviens de son visage comme d'un nuage orange et rose. Sur la demande expresse de Delphin, elle accepta de m'inviter chez elle, dans l'appartement de ses parents. Elle possédait, juxtaposé à l'habitation familiale, un trente mètres carrés meublé d'acajou. Une corbeille de fruits confits était posée sur une table basse. Ses yeux étaient bleus, peut-être verts, qui animaient un regard caustique. Elle souleva son petit pull serré d'où jaillirent deux obus pourpres. Elle fit tomber sur le carrelage sa ceinture de cuir tressé. Il commença de pleuvoir. Des martinets s'envolèrent de la corniche. Une photographie de ses parents était juchée sur un rayon de la bibliothèque ; le père trahissait une mollesse bourgeoise et le rosâtre embonpoint des excès de table ; la mère, banale, portait une basquine – ses pieds, trop grands pour son corps, étaient chaussés de sandales. C'était un couple à la Dubout.

« Tu veux qu'on fasse quoi, *exactement* ? » me demanda la rousse dont le prénom me revient à l'instant – Mélanie. Le « exactement » me changea en statue de sel. « Je ne sais pas », répondis-je. Un silence passa, semblable à une pierre qu'on roule dans la paume de la main. « Rien. » Mélanie saisit la balle au bond et ne se le fit pas dire deux fois ; elle me proposa un jus de carotte puis, après un quart d'heure d'une conversation consacrée au défilé des saisons, me raccompagna à la porte. Lorsque, d'une cabine, trempé, je téléphonai à Delphin pour lui rendre compte de ma mission, il était déjà au courant du fiasco ; il me hurla dessus. « Tu es une crotte ! Un raté ! Un zéro ! Un nul ! Je mets à ta disposition un des plus beaux specimens de mon ranch, et tu trouves le moyen de t'enfuir ! Je viens d'avoir Mélanie au téléphone. Elle n'a *jamais* vu ça de sa vie. Elle a dit que tu étais un *loser.*

— Écoute, Delphin…

— Tu me laisses parler, s'il te plaît. Tu n'es présentement qu'en mesure de te taire, d'autant que c'est *moi* qui parle. *Moi*, ton ami, qui se saigne aux quatre veines pour que des princesses du Kosovo, du Brésil, de Biélorussie daignent te pomper le dard alors que tu ne fais strictement *aucun* effort. Je t'offre des galipettes clé en main, et toi, tu parviens *encore* à faire la fine bouche ? Tu es fou, mon ami ! Ça ne va pas bien.

— J'avais l'impression d'être en face d'une payante. D'une fille à qui tu avais demandé de…

— Et alors ? Ça te regarde ce qui se passe en soute ? Depuis quand tu es machiniste ? Depuis quand tu es soutier ? Mécanicien ? Depuis quand tu inspectes les turbines, ce qui se passe en coulisse, ce qui a lieu dans les vestiaires… *Toutes* les femmes sont des payantes ! *Surtout* les gratuites. Et puis tu te trompes concernant Mélanie. Je lui ai rendu un service, elle m'en rendait un. Où est le lézard ? En quoi sont-ce tes affaires ? Tout ce qu'on te demandait, c'était de te laisser te faire faire une flûte ! Ce n'est quand même pas la mer à boire !

— J'ai senti qu'elle y était obligée. Je n'ai pas pu… Je ne peux pas. Ce n'est pas dans ma nature.

— En effet. Tu sais ce que c'est, ta nature ? C'est de prendre des vestes, de te toucher dans ta piaule moisie et d'envier ceux qui tringlent. Elle est belle, ta nature !

— Je suis désolé.

— J'en étais sûr. Que tu serais désolé. Les gens désolés ne baisent pas. Ils se désolent. Adieu. La lutte continuera sans toi. »

J'abordai aussitôt une fille dans la rue, brune, arrondie, douce ; elle s'esquiva brusquement, d'un geste de la main accompagné d'une grimace, non de crainte, mais de dégoût. « Pardon », lâchai-je. Elle secoua la tête. Drach avait raison ; les excuses avancées sont toujours plus visqueuses que les actes qu'elles voudraient dissoudre. Je rentrai lire Paul Valéry.

8. – Drach était installé à la Coupole, le ventre satisfait ; il venait d'engouffrer un tartare de saumon et des paupiettes de veau, le tout arrosé de chardonnay. Je l'avais repéré par la vitre ; un signe de lui, accompagné d'un sourire élargi jusqu'aux yeux, m'avait incité à venir le saluer. Pendant un mois, suite à ce qu'il appelait « l'affaire Mélanie », il avait refusé de me prendre au téléphone. Je vis à sa mine qu'il était redevenu amical.

« Assieds-toi, ma quiche. Tu as déjeuné ? » Je mentis en répondant que oui – j'ai toujours refusé de me faire inviter, d'une part ; d'autre part, je ne me sentais pas autorisé à me sustenter dans un endroit que je considérais comme faisant partie de la mythologie parisienne, galaxie dans laquelle je n'avais aucune assise, aucune légitimité, pis : aucune *légalité*. « Tu vas t'asseoir, oui ? Je ne vais pas lever la tête en bouffant ! Ton *big* problème est que tu t'excuses d'exister ! Quelle enfance as-tu bien pu te coltiner pour être aussi injouable ? On dirait un *vieux vieillard* ! Tu sais quoi ? Tu devrais essayer la confiance en soi : ce n'est pas mal du tout, je t'assure, ça vient de sortir. C'est moins surfait qu'on ne le dit. Ça permet de faire tout un tas de choses, dans la vie : prendre des décisions, des risques, saisir sa chance, avoir le courage d'entreprendre, cesser de regarder ses godasses d'Orléanais – que tu devrais cirer, conseil d'ami – chaque fois qu'une jolie fille ou que quelqu'un que tu juges – à tort – important t'adresse la parole. Café ?

— Je veux bien.

— Tu “veux bien”… Mon Dieu… Mais quelle bille ! Tout est vraiment à reprendre de zéro ! C'est à peine si tu ne m'as pas dit “c'est pas de refus”. Que les choses soient claires entre nous, camarade. Tu m'aurais balancé un “c'est pas de refus”, tu ne me revoyais jamais. Et tu as *failli* le dire !

— Non.

— Si. De toute façon tu as la tête à le dire, ce qui revient au même. Sinon, toujours pelliculaire, à ce que je vois. Ce n'est certainement pas comme ça que tu vas entrer au Bains Douches. Parce que les grandes écoles, Sciences-Po, tous tes amphithéâtres et tes concours, c'est bien gentil, tes grands oraux de ceci et cela, c'est très mignon, mais il y a plus ardu, plus sélectif, plus prestigieux : c'est de pénétrer aux Bains. La physionomiste, Marilyn, est plus redoutable que tes jurys d'HEC. D'abord, elle se trompe moins qu'eux et, surtout, elle n'a pas besoin d'entendre ton baratin : elle t'examine en un coup d'œil. Le verdict tombe illico. C'est sans appel : il n'y a pas d'admissibles, de petits ou de grands "alphas". Tu entres ou tu n'entres pas. Mais attention : celui qui réussit à franchir la douane ne jouit que d'un *Ausweis* provisoire, qui ne vaut que pour un coup. Quand il reviendra, le méchant contrôle au laser recommencera. Il n'aura pas la garantie, sous prétexte qu'il a vaincu une fois le dragon, d'en être vainqueur la fois d'après. Il faudra, soir après soir, qu'il remette son putain de titre en jeu. En revanche, si tu es refusé dès la première tentative, ta probabilité d'accéder au Temple est infiniment voisine du zéro absolu. Les mannequins danseront sans toi jusqu'à la nuit des temps. Tu t'en retourneras dans ton maudit taudis, piteux comme un teckel sans poil, lire ton Péguy et dénombrer tes pellicules. Tandis que tu liras un de ses poèmes sur les champs de blé, il te faudra imaginer que, sous des tempos déchaînés et dans l'immédiate proximité de Sting ou de Mick Jagger, les plus belles filles du monde, un peu bourrées, très accessibles, se feront embarquer par moult blondinets et autres baratineurs. C'est à ta santé qu'ils iront copuler dans un parking, derrière un bosquet, dans une voiture, car les top models n'aiment les lits que pour s'y vernir les ongles ou y comater.

— Tu…

— Oui. Oui ! Moi je rentre à *tout coup*. Je suis permanent, aux Bains. Je rentre aussi facilement que David Bowie, mais avec davantage de mérite, puisque je ne suis pas David Bowie. Passe une bonne journée péguyste. J'ai rendez-vous avec une *petite*. »

C'était la première fois que j'entendais, ainsi conçu, le terme de « petite ». La « petite », en effet, était en train de s'avancer vers Drach et sa calvitie ; elle ne s'avisa pas de ma présence. Pourquoi, à la fin, les filles ne me voyaient-elles pas ? Des années de cauchemar dans ma « famille », parmi des géniteurs barbares, m'avaient pourtant communiqué une sensibilité dont, avec un peu de cynisme, j'eusse pu profiter. Les êtres sensibles ne jouent pas de leur sensibilité. Ce que les femmes devinaient sur mon visage, c'était la matière fécale dont mes « parents » l'avaient barbouillé. Ma merde s'accrochait à la figure comme une intorchable glu. Mon enfance se voyait sur moi. À Drach, la légèreté avait été confiée comme un dû ; il dansait au milieu des étoiles, entraînant dans sa gymnastique joyeuse toutes celles qui aimaient la vie. Je sentais bien que la littérature, fussé-je un Proust nouveau, ne suffirait jamais à contrebalancer tantôt le dégoût que j'inspirais, tantôt l'invisibilité qui m'habillait.

« Essaye de gagner de l'argent, beaucoup d'argent, m'avait lancé Drach. Ça aide à se faire confiance. Tu as trop l'air d'un pauvre. Les écrivains miséreux, ça n'opère plus. C'est fini. Ce qui fonctionne de nos jours, ce sont les romanciers milliardaires. Regarde autour de toi. Sulitzer est petit, grassouillet, il sera bientôt plus chauve qu'une carafe, et il couche avec qui il veut. Les plus belles salopes de la Terre lui pleuvent sur la calvitie. Elles tombent dans sa piscine comme la grêle. Ça fait un bruit de mitraillette tellement il y en a. Tu devrais t'inspirer de ce gros lard. Regarder comment il bricole ses obèses romans vendeurs. Il faut que tu vendes, que tu vendes, que tu vendes ! Tu ne vas pas passer ta vie à décrire comment tu pisses. Ce n'est pas en racontant que ça te gratte que les *nanas* vont faire la queue en bas de chez toi pour baisser ton short !

— Je ne suis pas venu sur terre pour faire du Sulitzer.

— Oh ! Monsieur joue les auteurs ! Monsieur déploie son orgueil. Aux abris ! Comme c'est émouvant ! Hélas, étant donné que tu ne seras jamais

Baudelaire, ni Maupassant, ni Kafka, je te conseille d'imiter ceux qui rapportent. Eux, c'est de la mécanique : tu ouvres le capot, tu auscultes le moteur et tu comprends comment c'est fait. Sois malin : réplique leurs astuces, photocopie leurs ruses. Pour devenir Dostoïesvki, il faut être Dostoïevski dès le départ. La folie, la rage, la démence, ça ne s'apprend pas, ça ne s'imite pas, ça ne se reproduit pas. Si tu avais du génie, je ne me permettrais pas de te tenir ce discours. Tu n'en as pas. Ce qui n'est pas une honte.

— Je n'ai jamais prétendu en avoir.

— Faux. Tu ne penses qu'à ça. Jour et nuit. Tu vis de, par, avec et sur cet espoir. Lorsque tu écris, tu regardes frapper dans le ciel de ta page les éclairs de ton génie. Je le sais ! Je commence à te connaître. Ton calcul est mauvais. Ôte-toi cette épine du pied. Je connais bien Jean-Edern Hallier : lui aussi se considère comme un génie. Tu as vu le résultat ? D'ailleurs, chaque écrivain que j'ai rencontré ici, à Paris, est persuadé, dans son rabicoin, d'être le plus grand de sa génération, le nouveau Malraux ou le nouveau Camus. Vous êtes des détraqués. Faites-vous des œuvres, ou bien un concours de jet de pipi ? Votre pathétique le dispute à votre indécence. Continue à jouer les sous-Proust, et tu vas mourir seul, sans jamais avoir été léché. »

« Si tu préfères un ami sans phrases, dis-le. Je me tairai. J'assisterai clapet fermé à ton naufrage. Mais tu ferais mieux de voir en moi un ange sur ton chemin. Cette nuit, deux gourmandes m'ont laminé le corps à grands coups de langues. Elles ont pratiqué sur moi des choses dont j'ignorais jusqu'alors l'existence. J'ai ressenti de ces frissons qu'on ne prête qu'aux habitants de l'Éden. J'avais un peu bu, elles aussi. Tous trois avons oublié ce qui était humainement possible et ce qui ne l'était pas. Nous n'étions plus que des bêtes installées dans l'instinct. La vidéo de cette séance t'intéresserait. Vers cinq heures du matin, j'ai joui avec une telle force que j'ai vu la mort droit dans les yeux. J'ai cru qu'on venait de me loger une balle dans la tête. Eh bien non : c'était un simple orgasme, obtenu par des progressions inlassables sur d'inaccessibles sentiers. Et toi, ta nuit ?

— J'ai recommencé le troisième chapitre de la deuxième partie de *Jubilations vers le ciel*. Problème de disquette. Je n'avais fait aucune sauvegarde.

— Quelle magnifique soirée. Pourquoi en veux-tu tant à la vie ? Je t'informe d'une chose qui va te laisser bouche bée : tu as droit au bonheur. Et si tu n'aimes pas ça, essaie au moins d'être heureux *une fois*, à titre d'expérience. Ensuite, tu aviseras. Un retour au naturel est toujours possible. Ce n'est pas parce que tu accepteras de te faire du bien pendant deux ou trois heures que ce sera irréversible. Je t'assure que tu pourras revenir aussitôt dans le froid, le brouillard, la solitude et le cafard. Ça n'engage à rien. Je te promets que je ne cherche pas à te guérir. Il ne s'agit en rien d'une entourloupe. Ce soir, je remets le couvert : j'ai trois amies qui s'impatientent de reprendre un peu de mon corps. Je les partage avec toi. Ça me fait plaisir, c'est ma tournée ! Dix heures ?

— D'accord. »

À l'heure dite, j'entamai, avec l'étrange sensation de sécher les cours, le quatrième chapitre de la deuxième partie de *Jubilations vers le ciel.*

9. – « Je t'en ai déniché une de compétition ! » déclama Drach en trouvant une place de stationnement dans un Paris saturé. « Je parviens toujours à me garer. Cela fait partie de ma classe naturelle. L'humanité se sépare en deux. Ceux qui réussissent à se garer tout de suite, et ceux qui tournent en rond pendant des plombes. Elle s'appelle Helena, sans le moindre accent sur le moindre *e*. Mais avec un *h* aspiré, parce que je peux te dire que pour ce qui est d'aspirer, elle se pose là. Elle est tchétchène ou je ne sais quoi. J'ai décidé de faire un ultime effort pour toi. Et davantage qu'un effort : un sacrifice ! Je connais des types qui se damneraient pour prendre un lait grenadine avec elle en terrasse. Elle a notre âge, à cinq ou six ans près. J'ignore qui a pu lui enseigner les rudiments de ce qu'elle m'a fait la nuit dernière, mais permets-moi de te dire que ça vaut largement tes volumes de la Pléiade. Une vraie

Formule 1 ! Je m'aperçois que, jusque-là, je n'avais fait que du karting. Comme quoi la vie s'apprend toute la vie. Cette fille, je l'achèterais si on la mettait en vente. Hélas, c'est un être humain, on ne peut en faire tout à fait ce que l'on veut. »

« Tu vas te demander pourquoi je te la cède comme ça, d'un geste de grand seigneur, sans rien exiger en échange. La réponse est simple : je pars accompagner Chloé – la folle de dix-neuf ans qui voulait m'épouser, tu te souviens ? – en cure de désintoxication à Toronto. Je ne te cache pas que c'est la lie totale. La lie de lie, une lie de compétition.

— Alors pourquoi tu l'accompagnes ?

— Pour être sur la photo. Elle a été prise à un casting de Polanski. On ne sait jamais. Je peux devenir son agent, ou bien ouvrir une société de production. Et puis je n'exclus pas de lui fourrer ma langue de l'autre côté de l'Atlantique, si ce n'est pendant le vol. Les filles adorent qu'on les culbute dans les toilettes des Boeing.

— Tu viens de me dire qu'elle était malade.

— Justement ! Autant qu'elle multiplie le n'importe quoi avant d'être prise en main. Je pars demain soir. J'ai exigé un billet business, sinon je ne l'accompagnais pas. Personne ne souhaitait l'accompagner, à commencer par son petit copain, un lâche doublé d'un abruti. Elle n'a que moi ! C'est une de mes grandes stratégies. Je te conseille prestement d'en prendre de la graine.

— Mais encore ?

— Assurer une permanence. Être de garde. Se mettre en réserve de la République, disponible à l'infini, en prévision du jour où elles se retrouvent sur le carreau. Je ramasse leur misère comme des jetons de casino et récupère mon investissement de départ à la puissance mille. Celles qui, mystérieusement, n'avaient pas cédé à mon charme ni succombé aux attaques de mon imparable séduction, me tombent alors dans les bras sans demander leur reste. Il faut toujours être là, aux aguets, surveiller le marché, acheter à la baisse, faire fructifier son panier d'actions. Je gère un stock, que je fais rouler selon la conjoncture et selon mes besoins. Telle jeune fille, venue mettons de province, belle comme le jour et blanche comme l'oie, pour peu que son derrière soit rebondi et ses reins cambrés, vaut cher sur la place. C'est un bien rare que les vautours s'arrachent. Lorsque la compétition fait rage, que des célébrités entrent dans la danse ou que des millionnaires viennent perturber les lois du marché, je disparais des radars, j'abandonne ma corbeille et, rongeant mon frein dans l'ombre, patientant entre les bras de quelques autres un peu moins radieuses ou dont la fraîcheur commence à décliner, j'attends mon tour. Je guette le jour, qui ne manque jamais d'arriver, où les déconvenues tombent sur l'ingénue comme la foudre dans les Alpes. C'est une électrocutée qui, dans ses lambeaux, la moue charbonneuse, vient implorer mon aide. Je fais mine de réfléchir. J'attends que la demoiselle me supplie. Je lui bats froid d'abord, n'allant point trop loin pour ne pas la faire fuir, puis mime une compréhension lasse, une générosité ennuyée, une munificence contrainte. Son visage s'éclaire, je deviens son sauveur. Je lui suis un dieu, et bien chanceux celui qui, dès lors, parviendrait à distendre le lien qui m'unit à la coquine. Je suis devenu indispensable. Je suis devenu vital. Je suis devenu l'égal de l'air qu'elle respire et de l'eau qu'elle boit. Les créatures de rêve ne s'éduquent pas, elles se dressent. Elles ne s'apprivoisent pas, elles se domptent. »

Helena vint chez moi quelques jours plus tard ; elle ne fit pas la moindre allusion à l'état de mon cagibi, bien qu'elle fût d'une astrale beauté. Ses yeux mentholés laissaient passer des voiles de mélancolie douce – l'enfance remontait à la surface ; son nez, grec, donnait la sensation d'une rigueur de statue. Sa chevelure, emmêlée de boucles jaunes, tombait sur les hanches et giflait l'air quand elle tournait la tête, dont le front était lisse et bombé comme le ventre d'une femme enceinte. Je ne fus pas étonné de sa magnanimité face au piteux dénuement, au délabrement moisi, à l'insoutenable exiguïté de ma demeure (« on dirait la cabine d'un bateau en train de couler, c'est amusant ») : Drach, avant que de s'envoler, m'avait tenu à ce sujet un discours éloquent.

« Plus elles sont splendides, plus elles aiment la crasse. Tu as toutes tes chances. Il existe un romantisme des lieux miteux. Mais si tu étais aussi psychologue que moi, tu saurais que la vraie raison est ailleurs : dans le dégoût de soi que possède chacun d'entre nous, y compris celles que nous divinisons. Si tu les hisses au sommet, elles se font dégringoler elles-mêmes des piédestaux. En lui offrant le pire, en lui proposant l'hospitalité la plus vétuste et le gîte le plus repoussant, le message – terriblement puissant, dont tu vas tirer tout ton pouvoir – est clair : "Ma cocotte, je considère pour ma part, contrairement à la plupart de mes contemporains et en désaccord total avec mes concurrents, que tu ne *mérites pas mieux.*" Les totales bombasses restent abasourdies par ce genre d'attitude. Plus elles trônent en altitude, plus ton Drachounet les rabaisse. Au fond d'elles-mêmes, elles savent parfaitement qu'elles ne méritent pas qu'on décroche la lune pour une frimousse. Je suis impitoyable. Et les résultats sont là ! Ta bicoque pourrissante, ta champignonnière indigne, outre le fait qu'elle te sera moins ruineuse qu'une nuitée au Ritz, excitera le masochisme de la créature, qui te mangera dans la main et te mangera tout court en remerciement d'avoir su la remettre à sa *vraie* place : celle d'une bestiole qui défèque. Punis les plus belles : tu gagneras toujours en influence. Celui qui étale son luxe est stupide : le jour viendra où il ne pourra plus suivre. Le luxe appelle toujours plus de luxe. La belette qui jouit de trois cents mètres carrés s'étonnera par un beau matin de printemps qu'on ne lui en propose pas quatre cents. La louloute voudra toujours plus. Tandis que toujours plus de misère, ce n'est mathématiquement pas défini. On peut quantifier la richesse, pas la pauvreté. Dix fois plus riche, ça existe, dix fois plus pauvre ça n'existe pas. Mille fois zéro, ça fait toujours zéro. Étale tes mérules sans complexes. Sois fier de ton moisi. Fonce ! Au demeurant, je n'exclus pas que la saleté ne l'exhorte à être elle-même plus sale – au lit – que si elle se trouvait dans une demeure encaustiquée ! Les biologistes connaissent bien ce phénomène, qu'ils nomment l'adaptation au milieu. »

Helena s'allongea à mes côtés ; pudique, elle avait gardé sa culotte et son soutien-gorge. J'avais mis les *Concertos pour piano* de Mozart interprétés par Christian Zacharias. Zacharias, un Allemand scolaire à lunettes, me rassurait ; je sentais qu'il était là, avec nous. Sa présence n'avait pas de prix. J'en avais besoin tant je craignais ma maladresse. Je commençai, pour m'inculquer quelque contenance, à faire à Helena lecture d'un passage des *Mystères de Marseille*. Elle sembla apprécier cet instant inattendu. Les hommes, habituellement, devaient la pénétrer en toute hâte, n'en pouvant plus. Je trouvai le courage d'apposer mes lèvres sur les siennes – elle se laissa faire. Soudain retentit mon vieux téléphone à cadran. C'était Delphin, depuis Toronto. Sa voix se fit coupante comme une lame. « Helena est chez toi ? Ça ne répond pas, chez elle. » Je passai le combiné à l'intéressée. J'entendis Drach hurler : « Quoi ? Un baiser ? Mais où ? Un smack ? Sur la bouche ! C'est très grave ! Pars de chez lui !... Fuis ! Comment ? Oui, va-t-en ! J'assume ! C'est une crise de jalousie. J'ai bien réfléchi ! J'ai été trop généreux ! Je ne supporte pas de te savoir chez lui ! Pars vite, pars *maintenant* ! S'il te baise, je ne me le pardonnerai jamais ! Je t'appelle chez toi dans dix minutes ! Si tu n'y es pas, c'est que tu es encore chez ce clochard !

— Mais Delphin, c'est toi qui… Et puis ça se passait bien… »

L'impuissance due à la distance ravageait Drach. Tel un joueur d'échecs qui se souviendrait qu'il est d'abord et avant tout un joueur de poker, misant le tout pour le tout : « Tu sais pourquoi tu vas m'obéir ? Tu sais pourquoi tu ne coucheras pas avec lui ?

— Non… trembla Helena.

— *Parce que je viens d'apprendre qu'il a le sida !* »

10. – Drach reprit trois fois du sirop de menthe. Il tentait d'arrêter l'alcool ; le printemps enflammait son modeste appartement du douzième arrondissement. J'étais surpris de ce qu'il logeât dans une HLM, même si à Paris ces habitations sont souvent plus luxueuses que les appartements de la petite bourgeoisie provinciale. « Je connais des gens à la mairie. J'ai le bras *beaucoup* plus long que ce que tu imagines. En revanche, ne me demande rien, je ne pourrai agir en ta faveur. Autant je veux bien t'abandonner quelques miettes de mon cheptel, autant je ne puis faire croquer de mes passe-droits fonciers.

— Je ne t'ai rien demandé.

— Tu allais le faire.

— Non.

Qu'importe. Je fournis les cuisses et les culs, mais pas les murs porteurs ! En tous les cas, voilà mon domaine. C'est *ici* que ça se passe. C'est *là*, en ce lieu qui deviendra mythique au train où vont les choses, que je tringle tout ce qui dans cette ville ne possède aucun testicule. Tu vois, où tu es assis ? C'est la place exacte où, quand elles sont débarrassées de leur manteau, je les installe pour leur manger la cervelle. Regarde devant toi, sur la table basse. Que vois-tu ?

— Un disque compact. La bande originale du film *Mary Poppins*, de Disney.

— Exact. Des années d'expérience m'auront enseigné que les poulettes, pour libérer leur corps et les instincts qui se tapissent au fond de ce corps, éprouvent le besoin de se sentir en état de sécurité maximale. Or, qu'est-ce qui les rassure le plus, sinon l'enfance ? En œuvrant à tâtons, de façon tout à fait empirique, je me suis rendu compte que le morceau "Chem-cheminé, chem-chem-chemi" les renvoyait instantanément au royaume de leur chambrette de petite fille. Avant même que ne débute le refrain, dès les tout premiers accords, je les observe qui s'ouvrent comme des anémones. Une chaleur lente s'infiltre dans leur âme, qui devient alors pour moi une prairie où je n'ai plus qu'à venir poser mes glandes en douceur. Les sourires qu'elles m'adressent cessent gentiment de devenir de politesse, signant une complicité intellectuelle qui, à condition que la suite de la soirée reste à l'unisson de ces prémices, ne demande qu'à se transformer en pornographique intimité.

— *Mary Poppins* n'est donc que la première étape.

— C'est un déclenchement d'atmosphère. Une rampe de lancement. Il en va d'une soirée comme d'une maison. Si les fondations sont solides, tu peux empiler les étages *ad libitum*. Et pour ce qui est d'entasser, j'entasse. L'étape suivante est d'une simplicité biblique : l'alcool. Il faut faire boire, mais sans le montrer. Aussi faut-il travestir la manœuvre en événement. Ne fais pas ta tête de moineau détrempé : tu vas comprendre ! L'éthanol, bien habillé, cela s'appelle du vin. Et du vin en tenue de soirée, cela s'appelle un grand cru classé.

— Ce qui te coûte un bras.

— Nenni. Ce qui me coûte l'ongle jaunâtre de mon petit doigt de pied gauche. Viens voir. »

Je le suivis jusque dans la cuisine. « Voilà la bouteille que je sers au salon. » Il s'agissait d'un château-margaux 1975. « Ah quand même ! » fis-je. « Attends ! » sourit-il tout en ouvrant un placard situé sous l'évier où trônait, dotée d'un petit robinet, une citerne de vinasse à vil prix qu'on appelle usuellement « cubi ».

« Tu vois, ces gourdasses s'imaginent déguster un margaux grand cru quand en réalité elles s'enfilent une cuvée du maréchal à te trouer le boyau. Le pire, c'est que, toutes autant qu'elles sont, elles le trouvent – je cite – "délicieux". Pourquoi se ruiner, franchement ? *Petit un*, une vraie bouteille de vrai vin me reviendrait au prix d'une pute de luxe, *petit deux*, la preuve est faite qu'elles sont incapables de distinguer une émeraude d'une crotte de chihuahua. Encore un précieux conseil que je te donne là, note-le : ne jamais s'endetter pour une "petite". Toute compagnie doit être rentable. La soirée ne peut te coûter davantage que ce que te coûterait une professionnelle. Règle de base. Quoi ? Pourquoi "cynique" ? Tu me prends pour Crésus ? Avec le roulement que j'ai, je ne puis me permettre de faire dans le sur mesure. Alors je m'adapte à la situation, je fais dans le prêt-à-porter. *One size fits all* ! Je suis pour l'économie d'échelle. On ne t'a pas appris ça dans ton école pourrie de Rouen ?

— Reims.

— Reims, Rouen, tu m'expliqueras la différence.

— La différence, c'est que Reims et Rouen ne sont pas situées au même endroit.

— Mais *sinon* ? Tiens, on s'en fiche de Rouen-Reims, regarde. Tu sais ce que c'est ? Un vibromasseur. Pas n'importe lequel ! Ce sont les ingénieurs du CNES qui ont mis cet engin au point. Il y a sept fonctions que tu peux programmer *en même temps*.

Ici, jouissance latérale, là, orgasme frontal, hop, le cliquet que tu vois là gifle le clitoris, pendant qu'un moulinet – la lampe verte t'indique quand il est activé – turbine de manière giratoire dans la cavité vaginale. Ce n'est pas fini : ce bouton lumineux actionne un marteau-piqueur en mousse qui pilonne la figue. Sans oublier le crocheton en forme d'hameçon à requin qui vient se planter comme par enchantement dans leur petit trou du cul. C'est une révolution. Je ne le leur laisse pas, évidemment, sinon elles préféreraient rester chez elle, à conduire ce bolide, plutôt que de rendre visite à ton serviteur. Mais je leur en fais cadeau pour ici. Avec emballage de Noël…

— À chacune ?

— Tu n'as toujours rien compris. Décidément tu es bouché. Je me demande même si tu n'es pas un peu con. Je refais le paquet cadeau à chaque fois. J'offre, je fais découvrir la fusée, on joue avec, et je reprends le joujou. Ensuite, je remballe à l'identique et j'offre le machin à la suivante comme si de rien n'était, comme si l'objet sortait du magasin alors qu'il sort d'une autre chatte. Astucieux, non ?

— Tu le laves au moins ?

— Le "vibro" ? Tu es fou. Ça m'excite trop de savoir que tout ça se mélange. C'est un peu comme une partouze, sauf qu'elle n'a pas lieu en simultané. »

Nous retournâmes au salon. Nous reprîmes nos places initiales. La journée continuait d'être bleue. « Tandis qu'elles picolent, reprit Drach, je les regarde picoler. J'arrête de boire pour une raison essentielle : j'arque moins bien sous l'emprise de la boisson. Je triche à leur insu, avec du jus de raisin. Une fois qu'elles sont bien imbibées, je lance le jeu de la vérité. Je pose mille questions auxquelles elles n'ont pas le droit de se soustraire sous peine de pénalité. Comme le gage est intéressé – ôter tel attribut vestimentaire et *tutti quanti* –, elles préfèrent respecter les règles. Elles se dévoilent en attendant de se dénuder. Aucun mensonge n'est toléré. À tour de rôle, nous nous assommons l'un l'autre de questions de plus en plus pointilleuses qui, sans l'aide de mon château-piquette 75, seraient plus qu'embarrassantes.

— Ce règlement, tu t'y plies ?

— Moi ? Je mens comme un arracheur de chicots. Mais je ne culpabilise pas. À la guerre comme à la guerre ! Je me persuade facilement qu'elles sont mieux chez moi que dehors, à la merci des lourdingues et de la racaille. En outre, je me suis rendu compte, avec les années, que j'étais plus crédible dans le mensonge que dans la vérité. Je mets dans le pipeau une force de conviction, je place dans l'affabulation une puissance de naturel et des accents de véracité que la vérité, du moins quand mon éloquence la pratique, ne possède jamais. Ce qui compte, pour une fille, ce n'est pas d'écouter des choses vraies, mais d'entendre des choses crédibles. Pourquoi les effrayer avec des événements réels alors que ceux qui sortent de mon imagination sont plus à même de les rassurer ? C'est aussi pour leur bien-être que j'opte pour cette stratégie. Mon vécu peut effrayer. Je choisis donc la fiction qui réconforte. N'oublie jamais : une fille inquiète suce moins bien. Elle a la tête ailleurs, elle est sur le qui-vive, elle bâcle. Elle expédie. »

« Lorsque mon hôte est suffisamment gai, les choses sérieuses peuvent commencer. Note bien que je ne les saoule pas. Je ne suis pas un violeur. Je n'ai jamais forcé personne. Je veux bien pénétrer une fille pompette, mais pas une serpillière ratatinée. Et puis j'ai peur de la police. La suite se déroule en chambre. À ce stade, le jeu de la vérité ayant duré une ou deux heures – parfois trois –, je connais mieux leur existence que la mienne ! Alors, de manière un peu perverse – je le reconnais –, je me mets à jouer de leur biographie comme on jouerait du piano. J'appuie sur les dates qui font mal. Je chatouille la cicatrice, je tapote sur la blessure. C'est un concerto de douleurs. Elles ne savent plus où elles en sont.

Elles ont besoin d'une épaule, d'un torse, d'une compagnie. Cela tombe bien : je suis là ! Je les protège gratuitement, allongé, pendant une petite heure encore, puis je regarde ma montre, et je m'aperçois qu'il serait grand temps que je leur glisse mon rat. J'y parviens généralement dès la première soirée. Je me donne trois occasions, *pas une de plus*. Après, ça sent le réchauffé. Tu as l'impression de redoubler une classe. »

TROISIÈME PARTIE

1. – Garabédian, redevenu célibataire, se prenait de plus en plus pour un déchet. « Je ne mé-mérite pas de vivre », constata-t-il un matin de pluie battante et de bégaiement, dans un café bien trop coûteux pour moi du Trocadéro. « Je pa-passe la plu-part de mes journées à me ma-masturber. » « Encore plus qu'à Reims ? » demandai-je. « Quand même pas », répondit-il. Je savais qu'il disait vrai : se masturber davantage que sur le campus de notre ESC n'était pas humainement possible. « Je vois quatre psys en même temps, reprit-il (j'épargne son bégaiement à mon lecteur, conscient que Balzac aurait dû faire la même chose avec l'accent allemand de Schmucke dans *Le Cousin Pons*) : un psychologue, un psychothérapeute, un psychanalyste et un psychiatre. » Il essaya de m'intéresser aux différences fondamentales entre ces thérapeutes. J'en retins que l'un était chauve, l'autre, une femme, le troisième un gros et le dernier un vieillard. « Je médite beaucoup, mais n'y parviens pas toujours : rien n'est plus difficile que de ne pas penser. Penser à rien, passe encore, mais ne pas penser du tout, y compris à rien, c'est une autre paire de manches. Il ne s'agit pas de faire le vide, ça c'est un truc pour *Marie-Claire*. Ce que je pratique est une expérience du néant. Je préfère la méditation à la natation. Mon maître Sai Baba, en Inde, dans le darshan où je me ressourçais, s'opposait à tout ce qui était piscine, chlore, activité sportive, salle de gym. Il ne jurait que par l'expérience du néant. Ça fait comme une vague, tu vois. Ensuite, cette vague que tu ressens très fort en toi, il s'agit de l'annihiler. Tu me suis ? »

Je lui avouai ne pas comprendre de quoi il s'agissait. Il en parut meurtri : « Tu étais plus profond du temps de Reims. Tu as désormais l'air d'un jeune. Je préférais quand tu avais l'air d'un vieux. Tu sembles tourné vers l'autodestruction, c'est dommage. On dirait que tu broies moins de noir…

— Ce n'est qu'une impression.

— En grattant un peu, on jurerait que tu vas presque bien. Tu ne vas pas me faire ça ? Tu as toujours tes pellicules sur les épaulettes, ce qui me rassure et prouve que tu n'as pas encore atteint la sérénité. Mais tu es moins pâle qu'avant. Ton front paraît moins soucieux. On commence un matin par être moins torturé, et on finit au marketing de Carrefour ou au guichet de la Société générale. Je préférais quand tu avais l'air posthume. »

De sa poche de blouson dépassait *Le Spleen de Paris* en édition de poche. « Charles m'aide à vivre. Il est mon seul ami depuis que Mireille est morte.

— Mireille ?

— Ma chatte. La chatte de ma mère. Qu'elle m'avait donnée. Ce que j'aime chez Charles, c'est qu'il préfère la mort à la vie. Ça me parle. Il a tout compris. Les gens qui préfèrent la vie à la mort sont décevants. Tu as rejoint leur camp. Mourir te seyait mieux que vivre. Tu ne pourras jamais être heureux si tu aimes l'existence. Je ne te jette pas la pierre : j'aurais tendance à être pareil. Le problème, c'est que le printemps arrive, avec sa cargaison de "beaux jours". Je ne vais pas le supporter. Je peux tout accepter, mais pas le beau temps. Le soleil est un salaud. Ce putain de ciel bleu qui empeste le suicide, la pendaison, la crémation – la putréfaction. Je ne suis pas prêt à assister au spectacle de gens donnant la main à des gens. Ni à regarder des filles qui ne me regardent jamais. Des filles dont j'aimerais découper les seins en fines tranches de mortadelle. Je ferais des sandwichs d'elles que je dégusterais sur ma terrasse. Une terrasse qui est là, encastrée dans la pierre de mon immeuble, depuis 1886. Depuis 1886 cette terrasse voit la même chose, regarde dans la même direction, ne bouge pas d'un millimètre, ne cille jamais. Par tous les temps elle reste ce qu'elle est, qui elle est, où elle est. Elle se fiche d'être en 1906, en 1914, en 1936, en 1966, en 1993. Elle est là. Elle ne sait faire que ça : être là. Des êtres humains, des animaux sont passés dessus, ont dîné dessus, ont fait l'amour dessus, ont vomi dessus : elle n'a pas bronché.

— Que disent tes psys ?

— Pareil que moi. Ils pensent que ceux qui aiment le soleil sont des cons. »

« Le problème, reprit Garabédian, c'est que j'ai envie d'en finir mais ne sais par où commencer. Je tergiverse. Je pleure trop. Mon désespoir avait au départ quelque chose de flamboyant. À mesure qu'il me gangrène, je constate qu'il n'est qu'une petite chose décevante. La dépression ravage, mais reste malgré tout une expérience mesquine, sans relief, à laquelle le tout-venant est susceptible d'avoir accès. Je ne voyais pas la chute comme ça. Je m'en faisais une image plus tragique. Il n'y a guère d'infini dans ce bazar. On tombe dans la déchéance morale comme on marche dans une crotte de chien. Pour la grandeur, on repassera. Ce n'est même pas tragique : la descente aux enfers atteint par sa banalité. Au réveil, vers quinze heures, tu te renseignes sur la fin du monde. Elle ne vient jamais. C'est à désespérer : aucun mal-être ne parvient à emporter le monde dans sa chute. La réalité te tient tête, avec des gens heureux dedans, que ton malheur ne semble pas concerner *du tout*. Tu souhaites la mort de l'humanité et l'humanité s'en fiche. Personne ne semble se soucier de l'Apocalypse que tu réclames entre deux vomissements. Ton état – c'est insupportable – ne se communique à personne. On n'en veut pas. Ton gluant malaise, tu te le gardes. Ce qui est flou pour toi continue à être clair pour les gens. Quand tu as froid, d'autres ont chaud. Tu pleures et, tout autour, tu entends des clameurs de fête. Je reste sur mon matelas, avec mon Charles, attendant que les hommes disparaissent. Ils ne disparaissent pas. Dès qu'un type calanche, un imbécile naît. C'est un cercle vicieux. On ne s'en sortira pas. »

« Les gens confondent le néant, le vide et le rien. On s'étonne qu'il y ait des guerres. Il faut réfléchir au sens des mots. Le néant n'est pas le vide, puisque dans le vide, le vide existe. Et le rien…

— Tu me fais mal à la tête, Julien. »

Garabédian joua à tirer sur les manches de son pull, secoua la tête, cligna des yeux, fit craquer ses doigts comme une biscotte : « Il faut que je me vide les couilles. Là est le problème.

— Ça me semble résumer fidèlement la situation.

— Un Hollandais, professeur de yoga dans la banlieue d'Aix-les-Bains, m'a présenté une Japonaise. Elle est maître bouddhiste… Elle s'appelle Aya Nakimoto… J'ai aperçu ses deux seins microscopiques d'un blanc de flaque de lait. Je rêve de la mettre dans mon lit, de la faire hurler de plaisir. Je n'ose pas lui adresser la parole. J'ai peur de bégayer. De courir aux toilettes tous les quarts d'heure si jamais elle vient chez moi. Je suis allé la consulter. Elle possède dans le douzième un petit studio saturé de yukkas. Aya Nakimoto a secoué devant moi un petit hochet contenant de minuscules roulements à billes. Ça tintinnabulait… Ding, ding, ding… Elle avait mis de l'encens à base de myosotis et de seringa. Je ne me suis pas senti bien. J'étais trempé. J'ai payé, j'ai couru chez moi, je me suis concentré sur les traits de son visage très pur, très virginal, et je me suis tiré si fort sur le salsifi que j'ai dû appeler "SOS médecins". »

« Ce matin, je me suis réveillé à quatre heures, pour voir le jour se lever. Je savais que j'allais te voir. J'avais le trac. J'avais peur que tu aies changé. Mon pressentiment était le bon. Je ne te sens pas à l'écoute. Tu es devenu individualiste. Quand tu étais égocentrique, je t'adorais. Tu es devenu égoïste. Cela me serre le cœur. Tu devrais essayer le chant, enseigner la pâte à modeler, faire le poirier dix minutes par jour : rien que des choses vitales et gratuites, qui sont un don de ta personne au cosmos.

— Je ne vois pas en quoi faire le poirier chez moi est un don à qui que ce soit.

— C'est atroce que tu aies changé à ce point. Un être de labyrinthe, comme toi, une sorte de Thésée, a fini sur une ligne bien droite, en expert-comptable. Tu me fais penser à mon cousin notaire… Krishna aurait pu t'aider, mais tu es axé sur ta personne de manière trop obsédante. Pour être choisi de lui, il faut commencer par se dé-choisir soi. Ton chemin risque d'être long. Mais je ne suis pas venu pour ça. Je voulais savoir si tu pouvais me prêter deux mille francs. Je dois acheter un scooter et je n'ai pas l'argent.

— Qu'en pense Krishna ?

— Si tu ne me les prêtes pas, je me trancherai la gorge.

— Pour un scooter ?

— Pour un scooter.

— Pourquoi un scooter ?

— Pour accélérer, lâcher le guidon sous l'averse fouettante et qu'on me retrouve inanimé sur le bitume. Mort pour de bon. »

2. – Tout le monde, depuis que les livres existaient, et bien avant les livres, butait sur la question du temps. Les écrivains consacraient des œuvres entières à tenter, comme Proust, de le circonscrire, de le colorer, de le retenir un peu entre leurs doigts – de l'apprivoiser. Un grand livre, me persuadais-je en dessinant des têtes de lapins sur la vitrine sale de la boutique désaffectée des *Cahiers de la Quinzaine*, serait un roman capable de produire des fulgurances inédites sur la nature du temps. Peut-être suffirait-il d'un tour de pâté de maisons, qui sait, pour que descende en moi, accompagné de l'Esprit saint, une définition révolutionnaire de ce concept qui résistait à toutes les intelligences depuis Anaximandre. Mon premier roman, quitte à verser dans la philosophie, se devrait – la décision était irrémédiable – de faire voir autrement cette vieille question non résolue. On verrait ce qu'on allait voir et les éditeurs, chéquier en main, me prieraient de leur concocter un tome second, tout entier consacré à la notion d'espace, juste aux fins de vérifier qu'il n'y eût pas sur l'espace, dans quelque recoin génial de mon cerveau, d'aussi époustouflantes trouvailles que celles que je venais de faire sur le temps.

« Moix prépare la même chose sur l'espace !

— Vous plaisantez ? Ça sort quand ? Chez qui ?

— Je ne peux rien dire. Sachez en attendant que l'espace n'était pas du tout ce qu'on croyait. Bonne soirée. »

Je me souvenais, devant la boutique de Péguy, traçant les oreilles de mes lièvres en rêvassant tel un benêt, que Heidegger avait écrit que le mot donnait l'être. Le mot « temps » donnait ainsi quelque chose ; le temps n'était pas rien. Le temps n'était pas non plus un étant, comme une mouche, un verre d'eau, un train roulant les soirs d'automne entre Saint-Pierre-des-Corps et les Aubrais.

Le temps est ce qui ne possède pas d'être. Le temps est ce qui n'est pas. Le néant est ce qui rend impossible tout questionnement sur l'être ou le non-être. Le verbe *être* n'a aucun sens pour le néant. Le vide, lui, *est* : son être se définit comme une privation, une suppression, une absence de tout étant, de toute chose. Le temps n'est donc ni le néant, ni le vide. Il n'est pas non plus rien, si je définis le rien comme ce qui est composé de tout ce qui est sans exister – au sens où l'existence est une extirpation de soi-même. Le temps est *tout simplement* ce qui ne peut être dit. Il est le seul être qui échappe à la fois aux mots, aux chiffres, à la parole, au discours – au silence. Il n'accepte ni définition, ni formulation. Le mot dont on l'affuble, « temps », le temps n'en veut pas non plus.

D'un trait, je rédigeais mon traité philosophique. J'avais démontré, sans la moindre citation ni le recours à nul collègue, qu'il fût préplatonicien, augustinien ou kantien, que le temps était ce dont on ne pouvait rien dire, ce concept qui se refusait à être un concept, cette entité qui exigeait pour être pensée qu'on la mît en mots, mais qui refusait tous les mots et que tous les mots boudaient. Voilà : l'énigme du temps, qui n'était qu'une sombre affaire de Littré, venait de se régler dans la finesse, avec une économie de moyens qui viendrait étonner les imminentes foules.

Un éditeur amateur originaire de Gênes, Antonio Luzzini, lequel avait épousé une directrice de production et devait faire faillite après la publication de *Polyeucte* en verlan, m'avait reçu, grâce à Drach, dans un bureau si chétif que le radiateur en était le meuble principal. J'avais relié à son intention, avec la méticulosité d'un thésard, une fière brochure qui, bien que maigre, appelait pompeusement à faire de moi le fils spirituel que Bergson, du fond de son granitique ergastule, attendait. Le texte, déployé sur quarante pages têtues, s'intitulait : *Du temps*. C'était une époque où, fréquentant sans cesse les culminantes régions du ridicule, je ne pouvais me rendre compte du degré auquel j'avais poussé l'expression de ce dernier – un peu comme un clochard, enfermé dans un perpétuel acmé d'exhalaisons peccantes, ne saurait dire, incapable qu'il est de distinguer au milieu de ce qui a fini par se confondre avec lui des strates, des dégradés ou des nuances, si ses fragrances de la semaine passée étaient plus ou moins pestilentielles que celles de maintenant.

Les éditions Luzzini, engoncées dans une de ces ruelles noirâtres et sans soleil que fréquentaient, crachant leurs poumons et frappés de brutales liqueurs, des hommes tels que Jarry, Bloy, Fargue ou plus tard Pierre Minet, ne possédaient pas de quoi rassurer sur sa « qualité de vie », selon une expression qui commençait de se répandre, l'auteur d'un prime manuscrit.

Luzzini, beige d'épiderme, dégageait une odeur de sardine. Il fumait un gros saucisson calciné qu'il faisait venir de Cuba et qu'il s'obstinait à doter de l'appellation de « cigare ». Entre deux bouffées, il disparaissait telle la déesse Alètheia chez Heidegger – qui n'avait pas su aboutir, malgré soixante ans de randonnées dans la Forêt-Noire et de fines intuitions hélas infructueuses, à d'aussi beaux résultats que moi sur le temps – derrière un nuage de fumée gras.

« Delphin est un ami proche. Je suis content qu'il s'intéresse à votre personne, commença Luzzini. Il parle de vous comme d'un nouveau Flaubert. Je ne lui donne pas tort, si ce n'est que, pas plus que lui, je n'ai ouvert de ma vie un seul roman de Flaubert. Ma passion, c'est le théâtre. Pas cette chose poussiéreuse qui consiste à s'asseoir dans le noir, sous un lustre, pour applaudir des subventionnés récitant sans rien comprendre des textes écrits par des gens, Molière, Racine, Corneille qui, s'ils les avaient croisés dans la vraie vie, leur auraient collé des baffes. Le problème, c'est qu'on appelle "culture" ce que se permettent les vivants avec les morts. Le pauvre mort n'a pas le choix. Il se laisse tripoter, il se laisse triturer, il se laisse malaxer sans mot dire. Le génie, l'œuvre géniale, devient un tapis de salle de bains. On marche dessus. Il n'est qu'un prétexte. Fini tout ça. Je vais y mettre un terme. Je vais inventer ce que j'appelle le Nouveau Nouvel Anti-Thêatre. Il manque à Paris un Brecht. Je m'apprête à publier *Polyeucte* en verlan. Ça risque de faire *très* mal. J'ai lu votre petite plaquette sur le temps. C'est parfait, mais il faudrait que le temps soit joué par un acteur. Il faut nous faire une pièce de votre bouquin. Une femme, muette, jouerait la parole. Elle effectuerait des gestes. Un grand fond noir, pour le cosmos. En bande-son une guitare saturée avec des cris, des susurrements dans toutes les langues, surtout du japonais – je suis en train de quitter ma femme pour une Japonaise. Je connais quelqu'un que ce projet va *éclater*, c'est Bulteau. Vous connaissez Michel ?

— Non…

— Si vous arrivez à Paris comme ça, sans connaître qui dirige les souterrains de cette ville, ça ne va guère être facile. Dans le Paris des pénombres, des couloirs et des lacis, celui des réseaux impénétrables et des gens qu'on ne parvient jamais à croiser, Michel est le roi. Il vous faut le rencontrer. Il refusera, bien sûr, mais on s'en fiche. C'est lui, sous la terre, dans ce que les imbéciles continuent à baptiser l'*underground*, qui fait la pluie et le mauvais temps.

— Mes théories sur le temps ? Elles vous plaisent ?

— Si les minutes, les secondes, les heures sont interprétées sur scène par de jolies petites cochonnes, ça peut me plaire. Nous sommes tous les mêmes, pas vrai ? Ce qui compte, c'est de baiser, baiser, baiser... Je suis marié, mais mon corps, lui, est célibataire. Quand je l'observe, j'en viens à me dire qu'il va vraiment trop loin, qu'il fait n'importe quoi. Il n'en fait qu'à sa tête. Mon corps est beaucoup plus sexuel que moi. Ne pouvant faire autrement, je l'accompagne dans les appartements des femmes avec lesquelles il couche régulièrement. Je suis stupéfait par sa propension à ne jamais se fixer sur un genre précis. Je ne le juge pas : il est une part de moi, et non la moindre. Disons que je fais avec. Une certaine tolérance est de mise. Ce soir, par exemple, j'aurais adoré aller au cinéma, mais je sens une instante pression qui depuis ce matin me possède : je crains devoir être de corvée pour une partie de la nuit. Trois litres de sueur au bas mot, qui seront déversés. Je devrais affubler mon propre corps d'un grelot de chien de chasse. J'ai toujours peur qu'il parte du travail avant moi, qu'il coure bille en tête vers les nymphes et se fasse renverser en chemin. Mon corps n'a rien dans le crâne. Mais signons un contrat. Et oublions ces histoires de temps. Vous valez mieux que tout ce jus de crâne. *Les Fleurs du Mal* en rap, ça vous intéresserait ? Je connais deux trois racailles à Saint-Ouen. Je peux vous mettre en contact. Coke ? »

3. – Autant il semblait aisé d'être un grand écrivain – ma seule raison, sinon de vivre, du moins de ne pas mourir –, autant devenir écrivain tout court paraissait impossible. Il fallait connaître des gens, des gens qui eux-mêmes en connussent d'autres, mais sachant que le fait qu'ils connussent ces autres (quand cela était toutefois avéré) ne constituait non seulement pas une garantie qu'ils m'en facilitassent l'accès, mais bien plutôt celle qu'ils l'obstruassent. Dans la vie sociale, les intermédiaires ne se comportent jamais comme des fils de cuivre, où les électrons se propagent à la vitesse des dieux, mais comme d'impassibles figures de souriante bakélite, dont la diligence s'arrête aussitôt qu'ils disparaissent de votre champ de vision. Soyons heureux, au demeurant, qu'ils ne soient pas intervenus en notre faveur : nos sollicitations, nos requêtes auprès d'eux eussent fort bien pu – cela s'est vu – transformer

nos intercesseurs en diffamateurs, nos messagers en traîtres. Être le plus grand était un jeu d'enfant : être, simplement être, semblait hors de portée.

Drach m'avait exhorté à m'exhiber : « Hante les cocktails. Affirme-toi. Montre qui tu es. C'est d'autant plus facile que tu n'es rien. Quand on n'est rien, on peut tout être. » Je ne supportais ni le champagne ni la foule. Placer une saillie sous un éboulis de corps mondains m'annonçait des nausées. J'aime les gens chez eux, reliés à leurs cloisons, dans les translations domestiques. Je les aime discontinus, entrecoupés de temps, d'heures, de semaines : j'éprouvais de la peine à faire face à un être ininterrompu, parfaitement plein, qui se présentait à moi sans éclipse ni perspective d'instantanément disparaître. Je sature toujours quand on me parle, cherchant l'interrupteur pour éteindre les êtres, les faire taire, cherchant à me retrouver seul, infiniment introuvable, dans un noir si pur que même les larves y sommeillent.

On « donnait » un cocktail chez Gallimard pour célébrer le prix Médicis d'un de leurs auteurs. Je ne me souviens plus de l'écrivain couronné ni de son roman, seulement de la texture de ce jour d'automne couleur d'amande grillée. « On s'accommode de tout, m'expliqua Drach. À force d'être dans les murs, tu finiras par en faire partie. Lorsque tout le monde se sera acclimaté à ta présence, pensant que tu viens nettoyer les vitres ou réparer une fuite d'eau dans les cabinets, tu sors ton manuscrit comme le satyre son braquemart derrière les pissotières de la communale. »

Je ne dirai pas que je suis un homme hésitant : l'hésitation est la forme même de mon existence ; chaque choix fait, loin chez moi d'opérer une coupure, d'œuvrer comme une délivrance, se charge de l'hésitation qui perdure, intacte, comme si sa tête n'avait point été tranchée. Si bien qu'une fois entré dans l'univers que telle option ouvre et propose, l'univers concurrent me poursuit en imagination, me hante, me nargue, me lamine de regrets jusqu'à devenir lumineusement le choix qu'il fallait faire et que je n'ai pas fait. J'hésitai sur la tenue : entre plouc et plouc. Je ne possédais que deux jeans. Le premier, si large de cuisses qu'il tombait sur le soulier à la façon d'un rideau, l'avalant tout entier, me ratatinait, m'anamorphosait comme les miroirs convexes de ces palais des glaces qui n'amusent et n'étonnent plus personne depuis longtemps, à commencer par les enfants. Le second jean, puisque le premier était Hardy, je l'appellerai Laurel : même scié dans la longueur, je ne m'y fusse pas fondu.

J'optai pour la pachydermie de son homologue et m'engouffrai dans le métro par un froid qui cisaillait le pavillon des oreilles. Ce froid, je l'associais à ce mot : « pavillon ». J'étais heureux que « pavillon », ce « pavillon »-là et non celui des enfants et du chien, de la tondeuse à gazon, des gravillons convoquant la mort, fût réveillé par le climat. C'est cela, me dis-je, que la vie des mots.

J'avais écouté Drach : j'allais m'acclimater à Gallimard – mais, incapable de non-hésitation, alors que je n'étais rien, que nul ne connaissait mon existence, que mon œuvre était semblable, en quantité comme en qualité, à celle de la plupart de ceux qui renoncent à jamais, voilà que sur le chemin je me sentais en train de « trahir » Grasset, éditeur que pourtant je ne connaissais pas davantage. Les deux maisons ne soupçonnaient pas ma présence ici-bas, que déjà elles me malmenaient : abandonner mon roman à Bottin, Sébastien, ne serait-il pas léser les Saints-Pères ? Pourrait-on, pour la seule et unique fois de toute l'histoire de la littérature, publier un premier livre chez Gallimard et Grasset *à la fois* ? Telle fut l'idée qui germa dans mon cerveau ; ce qui n'était pas imaginable deviendrait pour moi une formalité.

Avoir du talent n'entrait pas dans mes prérogatives ; le talent était une corde dont mon arc n'était nullement pourvu. J'eusse rêvé d'en être doté : cela offrait des perspectives sociales élastiques. Hélas, je n'avais à offrir que quelque chose de perpendiculaire au talent : le génie. Je n'avais eu de cesse qu'on finît par céder devant l'évidence. Ma propagande fut si inlassable que d'aucuns, dans les couloirs de la rue Saint-Guillaume, acceptèrent – autant par lassitude que par ironie – de me parer de cette qualité : celle de Melville, celle de Joyce, celle de Dickens, celle de Conrad. Je leur avais si violemment inoculé ce poison que la plupart avaient condescendu à me croire doté de dons exceptionnels, sans que nul au demeurant ne s'intéressât au domaine que lesdits dons étaient supposés révolutionner.

J'avançai devant le bâtiment. Je ne possédais aucun carton d'invitation, ni ne jouissais de la moindre relation qui m'eût permis de pénétrer ce lieu gidien, la maison mère de la *Nouvelle Revue Française*, là où Malraux avait ses habitudes, où Artaud venait discuter, où Aragon venait médire, où Sollers travaillait *encore* l'après-midi. Je regardai les convives entrer comme le masturbateur regarde les couples pénétrer dans une boîte échangiste. L'intérieur de la forteresse, j'eusse pu le décrire, puisque je l'avais lu. J'aperçus Milan Kundera descendre d'un taxi ; je reconnus dans la pénombre la silhouette immense, quelque peu voûtée, de Patrick Modiano. Que se passait-il *là-dedans* ? Pourquoi, mais pourquoi *donc* me fascinais-je tout seul, avec mon sperme caillé, mes pellicules luisantes, mes pantalons de faux jeune et ma veste élimée ? Je ne parle pas de mes souliers : pliés telles deux bacchantes de lutteur, mouchetés de gadoue, recouverts d'un vernis écaillé.

J'écrivis, appuyé sur le capot d'une Citroën briquée, un petit poème que je donnerais à la prochaine célébrité que je croiserais – ce fut Le Clézio qui en fit les frais. La soufflure de mes alexandrins, qui imploraient qu'une bonne âme consentît à parrainer l'intrusion d'un gueux dans l'Éden, me gêne encore à l'instant (vendredi 18 septembre 2020) où j'écris ces lignes. Par chance, jamais plus je n'eus à croiser le regard de l'auteur du *Procès-verbal* ; je m'approchai, lui tendis le papier : « À lire dès que vous aurez posé votre illustre pied à l'intérieur. Pour vous, ce n'est rien. Pour moi, c'est une question de vie ou de mort. » Je ne pus vérifier le niveau de sidération de ma proie : je me mis à courir comme je l'avais vu faire, dans les images d'archives, sur le parvis de l'Hôtel de Ville lors de la libération de Paris. Je glissai dans une flaque, effectuant un roulé-boulé qui me précipita sous les roues d'un vieillard effrayé. Perclus de contusions, griffé par le bitume, percevant sans oser les voir les lambeaux de ma veste, je me relevai, continuant de sprinter, plus fou que jamais, plus invinciblement taré que tous les tarés avant moi, avec au milieu de la poitrine le sentiment égal du courage et de la lâcheté. Un petit parallélépipède de papier griffonné par moi avait franchi la douane, passant en contrebande de l'autre côté du monde, là où vivaient, dans un écosystème où tout n'était qu'apesanteur gidienne et grâce éternelle, les manuscrits de Saint-John Perse et le fantôme de Paul Claudel, les volutes des cigares mous d'Hemingway et un peu d'ADN de Sartre Jean-Paul. Toutes ces créatures de mon enfance, des mots de moi les pénétraient à présent, ainsi qu'on viole l'espace des dieux. Mes mouchetures dans la paume de Le Clézio, dieu lui-même me présentant à tous les autres, m'intronisant par ma propre sollicitation manuscrite : cet adoubement faisait courir, arrivé déjà près de Barbès, le petit être stupide qui venait de passer la grande porte sans la franchir. Des cristaux de moi mêlaient leurs macles aux cristaux gidiens – nos molécules, à Gide et moi, se mordaient, roulaient les unes sur les autres, formant des morceaux de brumes géniales, tournoyant dans l'air. Ce foireux laissez-passer, un jour, serait une relique. J'imaginais Le Clézio lire ce misérable poème, sortant, regardant, à droite, à gauche, si son auteur tremblait devant la porte, toujours désireux d'entrer ; peut-être avait-il dissimulé le papyrus dans sa poche, ou l'avait-il jeté dans la poubelle du hall. J'avais cherché la perfection dans un art inédit, une science qui n'existerait jamais : construire un épisode pour plus tard, fabriquer sur mesure une anecdote pour biographie de grand écrivain futur. Une toute petite chose à raconter demain. Un détail qui cesserait d'être un détail, le jour où mon « génie », cette vaste rigolade, ce souvenir amusant issu d'un de mes anciens avenirs, cesserait à son tour d'être une obsession aussi morbide qu'un morceau de poulet mort entouré de mouches.

4. – Ma porte s'ouvrit sur un Drach spectral et luisant. Ses yeux étaient blancs. On croit connaître un homme mais il possède, loin de nous, des stocks entiers d'expressions, d'attitudes, de gestes qui, n'étant pas destinés à leur activité sociale, ne sont pas faits pour être sus. Seule une infime quantité d'intimes, limitée à la famille, au couple, parviennent à faire le tour des variations, des variantes, des manies d'un être ; autrui ne nous sert jamais que la même soupe de lui-même, qu'il adapte aux goûts de ses successifs interlocuteurs. Drach livide était un spectacle que je n'avais jamais vu ; cette couleur, ce teint n'entraient pas dans son habituel domaine de définition. Sa manière de froncer le sourcil paraissait une grimace empruntée au faciès d'un autre : elle s'écartait du Drach par moi répertorié, scanné – agréé. Il était venu sonner chez moi, dès potron-minet, pour me dire des choses qui, je dois le reconnaître, expliquaient largement telle transformation.

« C'est immonde chez toi ! Même un rat porterait plainte ! Je ne te demande pas à boire, j'ai peur de tes verres et j'ai peur de ton eau. » Je me renseignai, un brin furieux, sur ce qui me valait une visite improvisée, tambourinée, à six heures vingt-quatre du matin. Des mots jaillirent de son gosier – des mots écorchés, griffés, tuméfiés : on oublie souvent que toute formulation est une naissance, toute élocution une venue au monde, qu'un mot mal prononcé est lâché dans les airs strié de cicatrices, de plaies sanguinolentes. Les mots ne se plaignent jamais ; ils subissent nos approximations, nos écorchements, nos strangulations. La plupart des gens commettent en parlant des fautes d'orthographe que nous voyons clignoter dans l'atmosphère.

Drach me parlait de si près que ses paroles apparaissaient en caractères gras ; il suait, déglutissait, bredouillait, me fixait tel un cocaïné. Il faisait bouillir ses yeux. « Devine ce qui m'arrive… » J'étais scindé : d'un côté, une curiosité malsaine s'impatientait d'avoir accès au dossier ; de l'autre, je craignais d'avoir à lui apporter davantage d'aide que je ne le pouvais. Mais nous agrandissons toujours exagérément les conséquences sur notre personne du malheur des autres ; d'autant qu'il nous reste *in fine* la possibilité, pour dégradante qu'elle soit, de nous déharnacher d'un fardeau en abolissant l'amitié qui vient nous l'imposer.

« Tu veux un café ?

— *Niet* ! Je dois rester en vie pour te raconter mon cauchemar.

— Tu as fait un cauchemar ?

— Je l'ai vécu. On sonne chez moi, hier, vers minuit. Je regarde par le mouchard : j'aperçois une vieille sorcière, genre médiévale, la peau fripée comme un sac, revêtue d'un gonfalon. Sans courage, je demande à travers la porte ce qu'elle peut bien me vouloir. Sa réponse me pétrifie : "Mais te parler Delphin"... Tout l'effroi se trouve dans ce "mais"... Un "mais" plein d'oiseaux morts, un "mais" qui ressemble à du poison rose dans une seringue.

— Accouche.

— Tu ne crois pas si bien dire. Cette femme, de 46 balais, était en cloque ! J'abrège le suspense : elle l'était de moi. L'an dernier, je suis allé à Cannes, au festival du film. J'ai bu comme un trou toute une soirée : c'était dans la villa Canal +. Partout ça buvait, ça "tapait". J'ai passé quelques heures – disons jusqu'à minuit et demi – à me faire rabrouer, une fois n'est pas coutume, par les créatures qui me plaisaient le plus. Avec le temps et le taux d'alcoolémie, mes ambitions se sont corrigées d'elles-mêmes. À chaque mojito, je reconsidérais mes horizons, si bien que, venu pour épouser Linda Evangelista, vers trois heures du matin je n'étais plus à la recherche que d'un orifice. Je me souviens par bribes d'un bureau, d'une pénombre bleue, d'une approximative fellation. Je revois une poitrine battante et aplatie, des éclats de verre, un visage hilare tournant autour de moi comme une toupie des Enfers. À midi, je me réveillai, seul, sur un canapé de cuir rouge. Un garde du corps, un noir de près de deux mètres, me demanda de quitter les lieux. Sous le soleil, j'étais encore ivre mort. Je vomis sur la route qui redescendait vers le centre-ville. Je ne m'étais pas avisé de ce que la villa, placée dans les hauteurs cannoises, fût si loin du centre. J'oubliai cette histoire. Quand j'ouvris la porte sur cette Indienne ridée, son visage remonta à la surface. Ses traits me firent l'effet d'une place de village, d'un lieu de vacances qui peu à peu nous réacclimatent à eux alors que nous n'y avions pas mis les pieds depuis notre petite enfance. J'ai vu qu'elle avait le ventre rond et l'air malheureux. Je me méfie de ce que les gens malheureux ont en tête. De ce qu'ils manigancent. Leurs projets ne sont jamais annonciateurs de bonnes nouvelles. “Tu me reconnais ?” m'a-t-elle lancé. J'ai bien été tenté de faire non de la tête, mais j'ai senti qu'une telle attitude risquait de prolonger la scène de plusieurs heures et que je n'étais pas à l'abri d'une gifle. Mon cœur battait plus fort que lorsque j'ai fait l'expérience du saut en élastique dans le Verdon. À cet instant, je reçois cette phrase comme une balle en pleine tête : "La chenille va bientôt devenir papillon. C'est un garçon. Tu voudrais qu'on l'appelle comment ?" »

Delphin s'effondra dans mes bras, pleurant comme un enfant. Je ne comprenais plus ce qu'il disait : il parlait en larmoyant. À Verdun, la même histoire était arrivée au maréchal des logis-chef Grunet : ça ne rassura pas Drach, qui se mit à bafouiller à haut débit en clignant des paupières tel un éphémère faisant claquant ses ailes – avec de petits bruits de rafales – contre l'abat-jour d'une lampe. L'image qui me vint immédiatement à l'esprit fut celle du chien au bout d'une laisse : Drach ne serait plus jamais libre, il aurait un collier, un maître : son fils. Il proposa de décoiffer une bouteille de vin – je ne possédais qu'une vieille canette de soda chaud. « Tu n'as pas de whisky ? Je vais me foutre en l'air. » Il se remit à sangloter. Je lui demandai ce qu'il avait décidé. La mère garderait l'enfant et recevrait une pension mensuelle : juste de quoi « responsabiliser » mon camarade ; il s'en tirait bien.

Cette femme n'était pas venue le faire chanter, mais l'informer. « Ce n'est pas la mère à boire », tentai-je. Je fis du café. « C'est du jus de bitume, ton truc ! » Drach recracha sa tasse dans mon évier encombré de vaisselle sale : « L'existence est tellement contre moi qu'elle n'est même pas capable de me garantir un café buvable. Pourquoi suis-je *à ce point* maudit ? Qu'ai-je fait ? À *qui* ? Il faut que je meure. Ça devient urgent ! » Drach, épuisé, s'effondra sur mon clic-clac. Un ami qui dort devient un inconnu. Doté du même corps, de la même figure, du même nez, il pourrait être tout autre que ce que nous savons qu'il est – d'autres combinaisons, d'autres valeurs, des rôles contraires à ceux qu'il joue depuis toujours paraissent alors possibles avec cette configuration-là, cette ordination humaine qui, endormie, recélant toutes ses bassesses et renfermant tous ces éclats comme un cercueil refermé sur l'existence d'un guerrier, n'est plus qu'un piano à disposition de toutes les mélodies.

Drach dormant, Drach endormi eût pu être ministre, peintre, clochard – contrôleur de gestion. La proportion en lui de drachitude baissait à vue d'œil ; plus je le regardais dormir, moins je le reconnaissais – ce, jusqu'à quitter la zone de perception qui en avait fait mon ami. Il quittait doucement sa logique, sa netteté, son évidence ainsi que l'âme s'envole du corps des morts. Il ne devenait pas seulement un autre, mais tous les autres. Je le vis se transformer en multitudes de Drach contradictoires, en Drach ennemis, en Drach divergents – Drach adverses. Il entrait beaucoup plus de choses, de kilomètres, de paysages dans Drach endormi que dans Drach éveillé.

J'entrevis tout ce qu'un homme pourrait faire et qu'il ne fait jamais. Cette liberté, cette santé, cet organisme si élaboré, si perfectionné qui contenait la faculté de faire de notre existence une aventure de chaque instant, nous permettant, avec un peu de courage et un reliquat de volonté, de nous emparer du monde, et dont nous ne disposions, lamentables, que pour draguer des « minettes » et se gaver de chips. C'était du gâchis, qui dormait. Du silence avachi, rayé de ronflements gras. Non seulement Drach, se confondant avec son corps et rien qu'avec lui, préférait son sommeil à toutes les conquêtes, mais on le devinait dans son abrutissement dériver des berges de l'aventure et de l'exception. Ronflant, il produisait de la banalité. Rien, en lui, ne se proposait de bousculer les événements, d'écrire un morceau de l'histoire des hommes, de participer à son époque. Si l'on avait frappé à ma porte ce matin-là, me demandant « qui es-tu ? », j'eusse répondu sans hésitation : un pigeon pelé. Qui, regardant dormir un autre pigeon, se regardait lui-même.

5. – « Je viens de laisser des menaces de mort sur le répondeur de mon psy, me confia Garabédian. Tu me conseilles quoi ? » Je demandai à mon condisciple des années rémoises la raison de tels agissements : « Il ne répond jamais. Je l'appelle quand je suis en détresse, il ne décroche pas. Ça me rend fou. Hier, j'ai voulu le joindre pour lui demander qui j'étais. Il n'a pas décroché. D'accord, il était deux heures du matin. Mais c'était une urgence. Je dois comprendre ma place en ce monde. Ce que j'y suis, ce que j'y fais. Mon but est de prendre soin de moi, de faire attention à moi, de me prendre en considération, de m'aimer. C'est l'un des fondements du shivaïsme. Toi, ça ne te parle pas. Tu ne penses qu'aux filles et à Péguy. J'étudie en ce moment un ouvrage que tu ne liras jamais : *Les Nouvelles Transformations vibratoires de l'âme*, de G. H. Cukorahabat. Cukorahabat l'a rédigé lors de son troisième stage de méditation au Cachemire, en 74. Il raconte comment l'absence de recueillement sur son être transforme l'individu en cercle sans centre ni rayon, autrement dit en nulle-part. Je vois bien que ce que je te raconte ne t'intéresse pas. Ton attention vis-à-vis de moi est devenue lacunaire. Ton écoute est une écoute de piètre qualité. Tu te situes mal dans la lumière. De sorte que les bons rayons ne peuvent pénétrer en toi. Tu traverses ce que Cukorahabat nomme “le grand vertige du rien”. Bref, tu es en train de devenir un sale con. »

Je pardonnai à Garabédian, si dévasté, la violence de ses propos. « Mon ambition est de parachever mon cheminement émotionnel. Les shivaïtes se méfient des égoïstes et des romanciers. Tu es les deux. Tu devrais faire un tour dans les *Shiva-sûtra*. Ça te changerait de Yourcenar et de Malraux !

— Je n'ai jamais lu une ligne de Malraux.

— Avec la tête que tu te payes, ça viendra. Tu as une tête à lire Malraux. Tu dois me trouver agressif. C'est que j'ai décidé de dire stop ! Stop aux menteurs, aux manipulateurs, aux faux artistes, aux pseudo-philosophes. Aux velléitaires. Ton roman, cela fait cent ans que personne n'en peut mais, que tu te gargarises avec, que tu nous bassines ! On a beau regarder les devantures de chez Grasset, du Seuil, de chez

Gallimard, on ne t'y voit toujours pas ! Ça n'avance pas. Tu n'existes pas. Tu fais semblant d'avoir trouvé ta voie. Tu fais mine d'avoir trouvé ta place. Tu n'es pas seulement un imposteur : tu es une imposture. »

Je suis heureux d'avoir recopié, le soir même de l'entrevue, l'intégralité des récriminations de mon camarade. Elles sont là sous mes yeux, dans un petit carnet bleu. C'est un bonheur que de les recopier vingt-cinq ans plus tard. « Il te faudrait un maître indien. Nietzsche, c'est tout juste indiqué pour les lycéennes. Ton moi est dur comme de la pierre. Il faut aspirer à la fluidité de son moi. C'est ce qui a tué Gilbert-Lecomte. C'est ce qui, juste après lui, a eu la peau de Daumal. Leur moi n'était pas assez fluide.

— Lecomte est mort du tétanos à cause des seringues.

— Lecomte est mort de la rigidité de son moi ! Tu le sais très bien. Tous les Phrères simplistes sont morts de ça. Daumal n'a rien compris à l'Inde : cet imbécile a cru que la clé résidait dans la conscience. La clé réside dans la conscience de la conscience. Il aurait compris ça, il était sauvé. Mais non. Il a fallu qu'il fasse le malin ! »

Le hasard fit que Caillette (cheveux gominés, teint olivâtre, poignée de main poisseuse) souhaita me voir ce soir-là. Il me réclamait l'argent d'un déjeuner où il avait soi-disant, et indûment, réglé la note dix mois auparavant. Je lui dis mon inquiétude au sujet de Garabédian ; Caillette ne parvint pas à se concentrer sur le dossier, obnubilé par la somme qu'il s'était mis en tête que je lui devais. « Je suis désolé, finit-il par reconnaître, je ne parviens pas à faire *bifurquer* ma pensée vers autre chose. Je réclame mes trente francs. Tant que cette histoire ne sera pas soldée, j'aurai l'impression d'être dans la situation d'un nouveau-né venu au monde estropié qui attendrait la jambe qui lui manque et qu'on serait allé chercher à l'usine. Rien ne m'atteint, rien ne me concerne, le monde entier est obstrué par cette tache qui me paraît gélatineuse et moche, géante, visqueuse : *la somme que tu me dois*. Mes trente francs. Je n'en dors plus. Ce n'est pas le montant de cette somme qui me hante, ce n'est pas sa valeur numérique qui m'empêche de vivre : c'est le principe même que tu me la doives. Ce sentiment, qui me ravage les chairs et me tourne les sangs, d'être spolié, qu'il y a un trou, une béance dans mon être, comme si je possédais tous les volumes de la *Correspondance* de Voltaire *sauf un*. Un que j'aurais prêté et qu'on ne m'aurait pas rendu. Ça me réveille la nuit. Je sursaute le cœur palpitant. J'ai même pensé au suicide, ce que je te conseille par ailleurs de faire de temps en temps, car cela fait un bien énorme au cerveau.

Quand on n'en peut plus d'exister, la possibilité de la mort fait comme un grand ciel bleu dans le cœur. Ce que j'adore dans l'idée de la mort, c'est qu'elle prend à sa charge ce qui est vague en nous. Elle agit telle une station d'épuration : toutes nos eaux usées, nos pensées mal formulées, nos impressions floues, nos concepts inassimilés s'en vont tremper dans l'idée de la mort, s'y nettoient, s'y apurent, s'y précisent ou bien meurent, définitivement dissous. Penser à sa propre mort procède d'un fantasme de simplification. Mourir, c'est se clarifier. »

Il ajouta, grimaçant, allumant un cigarillo démarqué : « La complexité, j'adore ça. Ce sont les complications que je déteste. Les vies passionnantes sont complexes. Les vies ratées sont compliquées. Il y a dans la complication l'idée de l'inanité de la complication, l'idée de sa propre surcharge, de sa propre inutilité. La complication exprime l'incapacité pour telle intelligence de se rendre au plus simple. La complexité exprime le refus pour telle autre intelligence de confondre le simple avec le vrai. Il faut vraiment que tu me rembourses. Tant que mes trente francs seront dans ta poche et non dans la mienne, toutes les questions métaphysiques me feront l'effet d'une chiure de machaon. Notre amitié ne reprendra son cours normal qu'une fois cette poignée de francs revenus à la maison mère. Si je n'obtiens pas mon dû, je risque de me fissurer, de me désagréger. C'est une sorte de loi physique qui, à l'intérieur de mon être, fait dépendre mon équilibre du vieux dicton selon lequel les bons comptes font les bons amis. Me devrais-tu un franc, un seul misérable franc que je serais mêmement anéanti, mêmement incomplet – mêmement inachevé. Fais cesser cette atrophie. Rembourse-moi. Je suis suffisamment intelligent pour savoir que ma requête est grotesque : mais rends-moi mon argent, rends-moi ma couleur, rends-moi ma vie s'il te plaît. Je ne veux pas un centime de plus, je ne réclame pas d'intérêts : cela me ferait déborder de mon être. J'exige ce qu'*exactement* tu me dois. Il est hors de question que je sorte de ma circonférence. Je veux que tu me permettes de continuer de coïncider avec moi-même, que tu me soldes, que tu me mettes à jour, au pair. Sans ces trente francs, je sens que non seulement je ne suis plus moi, mais que je ne suis personne. N'essaie pas de comprendre. Fais cesser cette torture. Toi seul en as le pouvoir. Sans ces trente francs, je manque ma dimension, je ne me reconnais plus. J'ai tenté mille fois de me résoudre à lâcher l'affaire : ma vue se voilait, je passais des journées à progresser à tâtons dans les rues de la capitale. Cette lutte secrète contre mon démon du remboursement, du compte scrupuleusement équilibré, je l'ai engagée mais l'ai perdue.

J'ai dépensé bien davantage que ces trente francs en médicaments pour dormir et pilules anti-stress, mais là n'*est pas la question*. Ta vie à toi, c'est de devenir écrivain, la mienne se résume à récupérer la somme que je t'avais avancée. Si je n'en cauchemardais pas, si je n'en suais pas, si cela ne me ruinait pas la santé, j'aurais abandonné ma requête. Hélas, le préjudice ne parvient pas à se rectifier seul, le trou reste béant, ça ne suture pas. Si tu persistes dans ton refus de me restituer mon bien, sache que c'est ma disparition que tu provoqueras. Sur ma tombe sera inscrit : "Sa mort vous semble inexpliquée ? Elle ne l'est pas pour tout le monde : suivez mon regard." Ça sera la première épitaphe accusatoire de l'histoire de l'humanité, la première délation posthume sur sépulture. Tout ça pour quoi ? Pour trente malheureux francs ! Franchement, tu exagères. »

6. – « Je vais te montrer comment on croque le cerveau d'une coquine, crâna Drach. Ton problème est que tu ne crois pas à tes chances de succès quand je les pose moi comme un acquis. Je fais comprendre aux intéressées que coucher avec elles m'est un dû. Le reste – le dîner, le blabla – n'est que la mise en forme d'un adoubement consenti d'avance. L'art consiste à faire croire au gibier que c'est lui qui choisit, que son libre-arbitre sort grand gagnant de l'opération. Je me régale de cette duperie. Quand la cocotte chipote au-dessus de sa salade, prisonnière déjà, semblable à ce moucheron qui n'a plus la force de se débattre dans la toile d'araignée, je me plais à imaginer ces choses sales et comiques qu'elle pratiquera tout à l'heure sur mon corps. Ce que je préfère chez les femmes, c'est la distorsion entre leur mine innocente pendant l'activité sociale et leurs grimaces lubriques durant l'activité sexuelle.

Je sens le moment précis – généralement juste avant le dessert – où je parviens à les ferrer. Alors, je ne bouge plus, ni de corps ni de pensée : je vis sur la pente que je viens de tracer. Plus rien en moi ne remue. Je laisse la bille atteindre sa case, qui est mon lit. Si je sens que la petite belle tente de se dérober, je laisse faire, sûr de mon protocole, certain de mon assurance. Peu importe le nombre de décimales derrière la virgule, peu importe qu'elle couche dans une heure ou vendredi prochain : la copulation m'est garantie. Je le sais, elle le sait. Une partie de son système nerveux est désormais programmée pour m'obéir et me donner entière satisfaction.

— C'est le summum de la manipulation…

— Et comment ! Que veux-tu que ce soit ? Bien entendu que c'en est. J'actionne les leviers qui me plaisent, juste en claquant des doigts, en dégustant mes cacahuètes salées. Je sais déclencher la douleur, en appuyant quand il faut là où il le faut, je sais provoquer l'anxiété, le désir, l'envie – le dégoût. Je les laisse juste se leurrer sur le fait qu'elles sont les plus fines. Mais c'est moi qui empoche le magot. Comment fais-je ? Je n'improvise que sur des airs que je connais. D'abord, bien que me fichant comme d'une golden blette de leurs malheurs et de leur petite vie de misères, je fais semblant de me passionner pour ce qu'elles traficotent. Tandis que je les écoute, je ne pense qu'à ce que je vais nuitamment leur faire. Elles me parlent, mais sans qu'elles le devinent, elles sont déjà en train de téter mon pénis ou de pourlécher mon entrefesse. Jamais je n'écoute *réellement* ce qu'elles me disent. Ça ne m'intéresse pas. Je les fixe, les fixant je les déforme, je les déshabille, je les installe dans de pornographiques configurations. Il y a toujours un moment, crucial, de coïncidence totale entre l'air qu'elles arborent et l'action que j'étais en train de greffer sur elles. Je suis un obsédé, un vicieux – un fou. Chaque seconde de ce bas monde qui s'écoule en dehors d'une femme me semble scandaleux. Chaque minute passée sans baiser semble me rapprocher dix fois plus de la mort. Je pourrais vivre dans un monde sans musique, sans cinéma, sans littérature, sans musée, sans mer et sans montagne : du moment que je puisse coïter. Toi, ton cerveau est bizarrement bâti. On dirait que tu ne penses pas *qu'à ça*. Tu es construit à l'envers. »

Arriva le soir du dîner ; j'étais là comme observateur, afin d'assister aux prouesses du maître. Il avait opté pour une Adélaïde, fine de traits, diablement pourvue. Son visage, glacé or comme l'auréole des anges de l'Angelico, était recouvert de touffes fauves. Elle semblait détachée de ces groupes de Parques qui décoraient, du temps que les poètes préféraient aux facilités du rap l'effort de l'alexandrin, les pendules garnies de bronze et de marbre jaune. Je me fusse brûlé la cervelle pour placer ma tête entre ses cuisses. « Je te présente mon assistant, commença Drach en me désignant. Il travaille avec moi sur mes émissions. Il voulait être écrivain mais il n'a rien à dire ! » Il partit d'un rire cruel qui n'emporta pas celui d'Adélaïde. « Je ne vais pas y aller par quatre chemins, démarra-t-il. Ce n'est pas parce que mon stagiaire s'est imposé au dernier moment à notre dîner que je vais botter en touche. Je sens en toi une belle folie, ma toute douce.

— Une folie ? réagit la jeune femme, touchée en plein cœur.

— Tu es folle et tu le sais. Folle d'une folie qui confine à l'art, de la folie très douce des gens sensibles. Tu affiches beaucoup de certitudes, mais au fond de toi, tu es une petite chose brisée qui s'excuse d'exister. »

Adélaïde parut fascinée par tant de pénétration. Drach me lança un clin d'œil ; l'effraction pouvait commencer, il avait localisé la salle des coffres. « Des gens t'ont fait beaucoup de mal. Cette époque est terminée. » Adélaïde laissa couler une larme. « Tu n'as plus rien à craindre, poursuivit Drach. Sauf de ma part, évidemment ! » Il rit de sa blague et commanda des truffes : « J'arrose ! » Fabiano, le serveur

– son prénom s'inscrivait sur un badge métallique épinglé de guingois sur sa chemisette blanche –, adressa à Drach un sourire crispé. Adélaïde demanda à Delphin l'autorisation de se rendre aux toilettes.

« J'attendais cet instant avec impatience, s'écria-t-il ravi. Figure-toi que j'ai un fantasme. Quelque chose dont je rêve depuis mes quinze ans. » « Quoi donc ? » interrogea, intriguée, la belle Adélaïde. « Que tu tiennes mon sexe tandis que j'urine. » Je fermai les yeux avec la force d'un poing. J'attendis la gifle – qui ne vint jamais puisqu'Adélaïde, après un toussotement surjoué, lâcha un : « Allez ! » Drach avait raison : si une femme pouvait se séduire par de telles méthodes, mon cerveau, étranger à la configuration d'un tel référentiel, ne m'en avait pas informé. J'eus la sensation d'avoir passé ma vie dans une petite boîte, loin de la lumière de la ville et coupé de la fantaisie des hommes. Lorsque je les vis tous deux s'éloigner en direction des toilettes, je me sentis blousé davantage que bluffé. Jamais je ne m'étais figuré qu'une femme pût épouser les fantaisies d'un homme sur simple convocation. Adélaïde s'était modelée à une stupéfiante vitesse sur la petite musique interne, autoritaire et capricieuse de Drach ; jamais je n'eusse été capable de telle audace. J'étais fou, mais ma folie restait en moi, retournée vers moi, paralysée devant les autres – c'était bien la peine de jouer les écrivains de génie, de suer sur les recherches formelles, de m'étourdir de formules, de m'exciter sur des personnages si, dans « la vraie vie », je revêtais la dimension d'un asticot.

Drach, parce que « véritable » personnage de roman, était meilleur écrivain que moi ; ce, sans écrire un seul mot. Il me coiffait sur tous les poteaux. J'avais passé mille nuits blanches à composer des cantilènes pour des mignonnes qui s'en étaient fichues comme une feuille d'automne, quand Drach les faisait se pâmer par l'urine. Il fallait tout revoir, changer de philosophie, naître différemment, modifier mes orientations, regarder le monde d'un autre œil.

Ils revinrent enchantés de leur vacance. J'eus droit, de la part de Drach, à un nouveau clin d'œil. Adélaïde paraissait différente. J'adressai une grimace interrogative à Delphin ; il me répondit par un sourire cherchant à signifier qu'il existait une corrélation entre l'état de choc de son invitée et les dimensions de son intime appareillage. « Tu sais, quand on est entré dans les chiottes, lança Drach à Adélaïde, j'ai eu la sensation de pénétrer dans une cathédrale. Tu es ma fée. Tu transformes les gogues en église. Ça part bien notre histoire. Je pense que, sexuellement, nous allons aller si loin que nous allons assister à la naissance du temps. Tu sais que le temps n'a pas toujours existé…

— Je l'ignorais, balbutia Adélaïde. J'ai arrêté mes études à seize ans…

— Le temps n'a pas toujours existé.

— Qu'y avait-il avant ?

— On ne peut pas en parler. Les mots que nous employons dans le langage courant ne peuvent pas décrire la situation. Fabiano, tu nous rebalances de la truffe ! »

Fabiano se pencha pour avertir Delphin des désagréments financiers qu'un abus de ce produit ne manquerait pas d'occasionner sur le budget de notre amphitryon. D'un geste méprisant, Drach balaya la mise en garde. « On va chez toi ou chez moi après les truffes ? » s'enquit-il, auprès de la blonde goûteuse. « Moi je vais chez moi et toi chez toi. Pourquoi ? » Drach se vida de ses couleurs, lança sa serviette au plafond et se leva, doigt menaçant. « Tu veux jouer à ça ? Tu es sûre ? Je vais te faire un procès ! Demain tu reçois un papier bleu ! Tu te prends pour qui ? J'ai les meilleurs avocats de Paris ! Il est tacite, en France, que lorsqu'on accepte de dîner avec un homme on accepte de se faire déglinguer dans la foulée ! » Fixant Fabiano : « Elle me tient le chibre quand je pisse et elle refuse de se faire baiser ? L'addition sera pour mademoiselle. »

C'est là qu'il nous planta, la soulageuse d'appendice et moi. J'en fus de ma poche pour une addition qui me fracassa le crâne.

Je multipliai les excuses et proposai de raccompagner Adélaïde. « Tu me dégoûtes aussi, toi. Tu ne vaux pas mieux. Tu es même pire. Dégage. » Je rentrai à pied sous une pluie battante ; je voulus siffler un air mais ne trouvai aucune mélodie *acceptable*.

7. – Je fus condamné à gagner « un peu » ma vie ; je rédigeais des grilles de mots croisés pour un magazine dont la figure du présentateur Patrick Roy, mort prématurément quand j'étais sous les drapeaux, avait souvent illustré la couverture. Je rêvais de me présenter au paradis dans la même allée que Faulkner et Grass, et voici qu'entre deux indigestibles kebabs, j'étais devenu le « monsieur Jeu » d'une vomitive publication. Ma « vie professionnelle » tutoyait le même néant que ma vie sentimentale et sexuelle ; *Jubilations vers le ciel*, qui avançait cahin-caha, me faisait l'effet tantôt d'un chef-d'œuvre, tantôt d'une mouche à merde. L'infini semble incertain lorsqu'on est un zéro. Un avenir aussi prévisible que le mien ne méritait, par sa constance immuable et têtue, d'autre appellation que celui de passé. C'étaient les mêmes jours, les mêmes nuits qui perduraient sans cesse, se succédaient les uns aux autres. Le temps n'est pas le critère unique pour distinguer hier de demain ; encore faut-il que la texture des choses soit modifiée, que la réitération des événements ne soit si horriblement parfaite.

Le shivaïsme garabédiesque ne pouvait rien pour moi ; ma seule issue serait de continuer à écrire ce livre, misérable histoire d'amour qui n'intéresserait personne. Mais ce roman et rien que ce roman me séparait de la mort. Il ne se passait rien dans ma vie *sauf* ça ; je convins petit à petit que ce n'était pas *rien*, et me vis entraîner par mes propres excitations, amusé par mes découvertes, intrigué – sans modestie – par la vivacité de mon génie. Il suffisait que mon regard se frottât à n'importe quelle page de n'importe quel roman des autres pour que mon « inspiration », mot si laid, se multipliât comme les tubercules de ces organismes marins qui semblent n'être faits que de recommencements, de pousses neuves – d'inarrêtables excroissances. Ces animalcules se continuent eux-mêmes dans tous les sens, dans l'infinie prorogation de leurs membres et la perpétuelle renaissance de leurs mandibules ; ils croissent sur eux-mêmes et se complexifient jusqu'à la folie, poussant la vie jusqu'à son paroxysme. Ce sont des êtres au carré, au cube, qui se répliquent au lieu de mourir jamais. Ainsi de mon imagination quand j'ouvrais le roman d'un autre au hasard : la notice d'une machine à laver eût pu faire jaillir de ma tête quinze pages d'un coup. Tout coup d'œil faisait mouche ; j'écrivais par plaques, par taches et par éclaboussures : quand d'autres écrivent un mot après l'autre, c'étaient les paragraphes, c'étaient les chapitres que finalement j'alignais. Mon livre, tacitement, était en train de devenir une partie du monde – on ne pourrait bientôt plus retrancher ce roman de l'univers ni de l'histoire des hommes. Il y aurait toujours, et ce jusqu'à la disparition de toutes les nuits, une étrangeté persistante, vacillante, entêtée : ce petit livre aux pages tournées par le vent, irréversiblement né, là et bien là quoi qu'il arrive. Dans une bibliothèque, on pourrait contre son flanc coller *L'Énéide* ou *Les Cent Vingt Journées de Sodome*.

Ce bel élan était hélas irrémédiablement gâché ; composant mon chef-d'œuvre éternel, je ne parvenais pas à chasser de mon esprit le spectre des monceaux de romans inutiles publiés chaque année, chaque semaine – chaque jour. Leurs auteurs eux aussi, cachés dans une soupente ou tapis dans un bureau, s'imaginaient valoir davantage que tous les autres. Eux aussi se voyaient particuliers, différents, uniques – géniaux. Leurs ouvrages, misérables, ridicules, piteux, me tombaient des mains : le mien tomberait des leurs. Je m'effondrai – qu'est-ce qui me distinguerait, le jour venu, de cette foule absurde de créateurs bouffis de singularité, persuadés que leur œuvre, à l'instar de leur existence biologique, avait plus d'importance que tout autre ? Moi qui avais eu les concours en horreur, je m'aperçus que les évaluations continueraient, en pire : non sous forme de notes sur vingt, attribuées selon les stricts critères de l'autorité professorale, mais au petit bonheur, selon les lois du bidouillage et du caprice.

Un musicien commet un couac, sa carrière s'achève ; au royaume de la « littérature », un imposteur pouvait se pousser du col, pour peu que les réseaux le soutinssent. J'entrevis, déprimé, que l'invention d'un langage et d'un monde seraient, fussent-ils en génie voisins du langage et du monde de Mann, de Gombrowicz, de Dickens, soumis à l'examen de sous-fifres, d'installés, de grenouilleurs. Qu'il n'y aurait, jamais, le moindre lien entre la valeur réelle de mes œuvres et leur appréciation par les commis d'office qui s'en autoriseraient à mon corps défendant l'exégèse.

Garabédian, auquel j'eus la naïveté de m'ouvrir sur ces sujets douloureux, me prit au piège de ses crétineries : « Tu souffres d'un *lack* d'externalité positive. Je suis inquiet pour ta vie au moins autant que pour la mienne. » Garabédian était de ces êtres pour lesquels le suicide avait été inventé. « Tu devrais jeter un œil sur les paroles de sagesse de Sathya Sai Baba. Il jette les bases du travail sur soi. » Julien n'avait que le mot « ouverture » à la bouche, mais ne réussissait cette prouesse qu'en l'associant à l'incessante auscultation de son nombril. Connaître le monde, embrasser l'univers se résumait à l'exploration méticuleuse de ses orteils. « Le jour où tu auras réussi à vraiment t'explorer, tu pourras appréhender le monde dans sa dimension vitale, c'est-à-dire spirituelle. C'est ce qu'on appelle la fonctionnalité hétérodoxe de la conscience. C'est une figure dite "alternée" dans le domaine de la *Gestalt*. Tout est là. »

La vérité est que mon roman ne me plaisait pas ; j'eus mille fois la tentation de le détruire et de commencer un recueil d'aphorismes. Relisant Cioran, je compris que ce n'était pas à ma portée : l'aphorisme est l'apanage de celui qui a presque trop vécu. Des « confessions » ? Je n'avais pas suffisamment roulé ma bosse. Je rêvais d'un volume de moi à serrer entre mes doigts : rien ne me permettait de réaliser cet exploit. Seule la postérité m'intéressait, les études savantes qui viendraient éclabousser mes écrits, l'aversion qu'on vouerait à mes dons. J'étais accablé de ce que mon livre, génial le lundi, pût m'apparaître si creux le mardi. Les classes ouvrières ignoraient ces contrariétés – elles travaillaient. Je n'étais rien, qu'un vermisseau plein d'emphase : c'était encore du luxe comparé aux destins d'usine, ces hommes dont les tempes blanchissaient dans le bruit des machines et que l'étonnement désertait, à leur insu, chaque jour un peu plus.

Penché sur ma page, je fus en proie à des tentations contraires. Tantôt j'écrivais de chic, ainsi qu'on lance un pardessus sur son épaule, pensant récolter de cette crâneuse attitude – comme si la désinvolture pût accoucher d'une méthode – une prose qui m'eût été aussi étrangère que l'haleine d'une sirène. Parfois, censurant mes facilités, inhibant en moi toute pluie de comètes, je me déguisais en grisailleux tâcheron, polissant les contours d'un astre éteint – j'épilais mes phrases, les grattais comme des os, les ponçais. À la force explosive du mouvement j'opposais, bouche pincée, un alignement de stalactites biseautées. L'écriture, kamikaze et folle la veille, passait au jésuitisme et à la tombalité. Je ne produisais plus à rebord, mais sous un impeccable réseau de longitude ; je m'exprimais par angles aigus, dans une retenue maigre. Mon roman, perdant en vitalité, afficha avec son auteur une différence d'âge tangible : j'étais en train d'accoucher du livre d'un vieux. Une fois les courbes aplanies, les secousses mises au pas, il ne restait rien de mes bouillantes saillies ni de ma prose en tennis ; mon manuscrit possédait l'air croûteux d'un mouchoir de retraité.

Comment sortir d'une telle impasse ? Comment élaborer sans élaborer, raffiner sans raffiner, émouvoir sans chercher à le faire ? Au seuil de la cité du Midi, boulevard de Clichy, j'aperçus un jeune noir mettre un revolver dans la poche de son haut de survêtement. Le soleil produisait sur l'arme une réverbération splendide. Il vit que je l'avais vu ; il me sourit. Je rentrai chez moi ; j'écrivis d'une traite jusqu'à ce que le ciel dessinât des fumerolles rose bonbon au-dessus du périphérique. Mon livre semblait éclairé de l'intérieur. La première messe, au Sacré-Cœur, allait commencer. Je m'y rendis. L'aube était glaciale. J'étais écrivain – oui, écrivain. Affaire classée.

8. – Drach trempa son croissant dans une minuscule tasse de café. « Je ne sais pas si le croissant est trop gros ou si la tasse est trop petite, mais c'est mal fichu, *leur truc.* » Nous nous trouvions dans un quartier de Paris inconnu de nous, aux frontières de Malakoff. Drach voyageant peu, il aimait prendre des bus au hasard et s'attabler à des bistros inconnus, dans des lieux qu'il ne fréquentait généralement pas. « Les gens partent à Pétaouchnock, avec les heures de trajet, les décalages horaires et les affreux touristes plein partout. Ce sont des cons. Si le voyage a été inventé pour qu'on se dépayse, alors le dépaysement, tu peux l'obtenir ici, dans Paris. Il suffit juste d'aller boire ton expresso là où tu n'as jamais posé les panards depuis que tu es né. Que je sois au square Montholon ou sur la lune, pour moi, c'est pareil, étant donné que je ne sais même pas à quoi ressemble le square Montholon ! Tu vois, ici, porte d'Orléans, je me sens ailleurs. Mon cerveau s'imagine – il n'est pas très malin, il est très intelligent mais pas très malin – qu'il a parcouru des dizaines de milliers de kilomètres alors que je suis à huit stations de métro de mes chiottes. Les vacances, ce ne sont pas les distances : ce sont les impressions. Au zinc, ici, je suis nouveau dans du nouveau. Tout étonne mon ciboulot. Je n'y ai aucun souvenir, aucun repère. C'est la même chose avec les femmes : si j'en change aussi souvent, ce n'est pas seulement parce que j'y ai si facilement accès, mais parce que ça me fait voyager. Restant avec la même, j'aurais la même sensation que lorsque je vivais, comme toi, dans un studio riquiqui. Les voyages et les filles possèdent quantité de points communs. Il y a des endroits que je n'ai appréciés qu'à l'instant même où je m'y trouvais, d'autres qui ont exercé leur pouvoir sur moi à mon retour, parfois longtemps après. C'est la même chose avec les gonzesses : il y a celles qui te marquent quand tu les besognes, et celles qui diffusent en toi comme un lent venin. »

Il trempa un second croissant dans un résidu de café. « Leur corps, dans mon lit, va parfois trop vite pour mes mains. Je veux dire que les secondes, les minutes passent trop rapidement. Les filles sont là, belles, vicieuses, à l'infinie disposition de mes sens, et le temps dégringole, s'accélère, s'emballe, sprinte, devient fou. J'ai auprès de moi un corps de déesse auquel je peux faire absolument tout ce que je veux, mais je ne parviens pas depuis ma chambre à supprimer l'écoulement des heures. Du coup, j'ouvre trop de chantiers à la fois, je ne profite pas assez. Je voudrais conserver l'instant que je vis dans un bocal, avoir devant moi, comme c'est le cas pour l'espace, une étendue statique qui me permette de m'amuser avec un clitoris pour l'éternité. Rien à faire : il y a toujours une guillotine horaire qui vient se mettre en route au milieu de la nuit ou au petit matin. Le chronomètre s'invite dans les ébats et je me désolidarise un peu de ce que je suis en train de faire parce que je sais que je vais bientôt devoir cesser de le faire ! Le pire est que cette sensation, insupportable, inadmissible, ne dépend pas du temps objectif qui m'est imparti. Que je possède un quart d'heure devant moi pour une tringlette improvisée ou un long week-end sexuel qui ressemble à un échantillon d'étérnité, le temps se recroqueville, se mue aussitôt en son contraire, il se consume sous mes yeux, il brûle d'être, il se suicide. Les objets, autour de moi, ne semblent pas concernés par cette injuste accélération : sur eux passent toujours, insensiblement, les mêmes coulées de lenteur. Indépendants du temps, qui ne s'intéresse pas à leur cas, ils me narguent. Ils savent que, d'imminente façon, je vais me retrouver seul à seul avec eux, sans orgasme en cours. Il s'agit alors de vivre le temps autrement : point par point, par saisissements vifs et non plus par fluvial écoulement. Par plaques d'enthousiasmes séparément spontanées, par confusions multipliées et non plus par flux oppressant, par hypocrite invariance, par faux flegme et passivité qui n'en est pas. Il faut baiser sans se conformer à la durée, sans déplacement, sans cette putain de toile de fond temporelle. Il faut baiser en grain. Comme si je mangeais ce café au lieu de le boire. Si je passe autant de temps en partouze, ce n'est pas pour multiplier les corps, c'est pour multiplier le temps. C'est pour vivre plusieurs nuits en une seule. C'est la seule façon que j'ai trouvée pour prendre le temps au piège, pour le forcer à me donner dix fois plus que ce qu'il ne m'octroie d'habitude. Je compense sa coulée par la simultanéité. Ne pouvant remplir dix nuits avec un corps, je remplis une nuit avec dix corps. Je surcharge de vécu ce que le temps me dérobe. J'ai, ce faisant, l'impression de mettre une cale dans son processus aveugle, borné, stupide, méchant. »

« Hier soir, je suis parvenu à embarquer chez moi une magnifique salope qui me résistait depuis huit mois. Tu la connais de nom : c'est Gisela Schönberg – la comédienne. La plus splendide et la plus bandante actuellement sur le marché. Lorsque tu as la beauté et la bandantitude sur le même lot, c'est que tu es un sacré chanceux, car l'alliage est rare. C'est collector. Bref, j'ai ramé pour apporter ce chef-d'œuvre chez moi, ça je te le jure. Des semaines de traque, de gesticulations, d'effroyables calculs, de paris impossibles, de tentatives humiliantes. Un service militaire, mais que j'aurais effectué seul. Crois-moi, ce n'était pas ta littérature. C'était de la vraie vie réelle. J'aurais pu mourir d'épuisement, faire mille dépressions, me suicider tous les matins. Mais j'ai résisté, j'ai persévéré. Elle est venue chez moi, vaincue.

— Qu'est-ce qui a fait basculer la situation ?

— Un chagrin d'amour. J'ai profité d'une fenêtre de tir. C'est tout l'art du *sniper*. Elle est venue se confier, a fondu en larmes, cherchant ce genre de réconfort qui non seulement me donne la trique mais vient couronner le fruit du long travail fourni en amont. C'est de la viticulture, en réalité. Après les vendanges et la mise en bouteille, tu peux déguster ton jaja. Tout est question de patience, de volonté – d'artisanat. Bref. On en arrive au paddock. Je lui montre ce que je suis capable de faire avec ma langue. Je surveille son visage de temps en temps. Je la vois qui se sent devenir la reine des abeilles. Le sexe dur et droit comme l'Empire State Building, je m'avance à la Drach. Mais à l'instant précis où je vais pour introduire mon reniflard entre ses cuisses, *drelin*, on sonne à ma porte.

— Aïe. Qui était-ce ?

— Aglaé. Une étudiante en droit que je culbute chaque jeudi depuis quatre ans et qui s'imagine stupidement qu'on est ensemble. Gisela, terrorisée – elle est, comme toutes les actrices, totalement paranoïaque –, me demande d'aller voir. Je sors du lit, débandant aussitôt, et m'aperçois en regardant par le judas que c'est ladite Aglaé. Qui ne cesse de sonner, telle une possédée, une maudite. “Qui est-ce ?” s'inquiète Gisela déjà en train de se rhabiller avec une furieuse envie de dégager de chez moi. Je bredouille qu'il s'agit d'une folle, d'une “groupie” qui me harcèle depuis des semaines et qui je ne sais comment a fini par trouver mon adresse. “Tu as des groupies, toi ?” me demande Gisela. Je réponds sans me démonter que j'en possède au moins huit. Elle paraît en douter. “Appelle les flics !” Je tente de botter en touche, puis accepte de composer le numéro de la police. Ils viennent à trois, dont une femme. Ils sonnent à ma porte, j'ouvre. “Je ne connais pas cette fille, leur dis-je en désignant une Aglaé livide. Enfin, je la reconnais mais je ne la connais pas. Elle me suit dans la rue, me file, me pourrit l'existence, mais je ne sais même pas son nom.” Aglaé est à deux doigts de s'évanouir. Elle hurle, en larmes : “Mais ça fait quatre ans qu'on est ensemble !” Pendant ce temps, Gisela se terre dans ma salle de bains, effrayée comme un petit oiseau tombé de son nid. La fliquette tire Aglaé par le bras : “Mademoiselle, calmez-vous…” Ils veulent entrer. Je refuse : “Je suis la victime, je crois que j'ai le droit de ne pas être importuné plus longtemps. Embarquez-la, qu'on en finisse avec cette histoire. Il est deux heures et demie du matin ! Je ne porterai pas plainte. Je souhaite juste être *tranquille*.” Et ils l'emmènent. J'entends les cris sanglotés d'Aglaé : “Salaud ! Salaud !” Je me précipite dans la salle de bains pour rouler un patin à Gisela et la déshabiller, mais ce que j'étais parvenu à obtenir avant l'incident est, entre-temps, devenu plus impossible que de marcher sur l'eau, de mâcher un caillou, de toucher les anneaux de Saturne avec le doigt. La comédienne abattue, l'actrice consentante, électrocutée par l'incident, a repris du poil de la bête. Elle était offerte vingt minutes plus tôt, la voici redevenue inaccessible et interdite, faite tout entière de complications, de dénégations, de clairvoyance et de refus. Je ne repars pas de zéro, mais de bien en dessous. Je me trouve dans l'inconfortable situation d'un expérimentateur qui, après une pause forcée, s'aperçoit que la loi qu'il avait découverte n'est plus vérifiée, que l'expérience, qui se déroulait jusque-là à merveille, n'obéit soudainement plus à ses équations. Gisela était devenue rétive – ennemie. Les caresses consenties tout à l'heure, que je tentais de répliquer après l'interruption, paraissaient désormais résonner sur son être comme un viol. Sa chair ne consentait plus. À rien. Elle n'était tendue que par sa volonté de quitter les lieux. "Appelle-moi un taxi. Il faut que je parte. Je me lève tôt demain." "Mais tu peux dormir ici ! Je mettrai le réveil !" ripostai-je, mauvais joueur. Elle me lança un regard signifiant que cette proposition était aussi déplacée, obscène et saugrenue que de proposer la sodomie à une femme qu'on viendrait de sauver de la noyade. Ma date de péremption avait sonné. Coucher avec moi, se faire malaxer par ton Drach n'entrait plus – *du tout* – dans le registre de ses dispositions. Ma détermination n'affichait plus à ses yeux le visage du culot, mais seulement la lugubre allure du tarabustage. Je parlais le langage du plaisir : elle balbutiait celui du code pénal. D'insistant, je devins répugnant. De répugnant, dangereux. Il me fallut lâcher l'affaire. Elle est partie. Je l'ai vue s'enfoncer dans la nuit, avec la petite lumière rouge du taxi. Rouge parce qu'elle était dedans, que son corps intouché était dedans. Je me suis paluché comme un ouistiti. Au moment de jouir, le visage d'une vieille institutrice m'est apparu, comme un diablotin sortant de sa boîte. C'est pourquoi j'ai décidé aujourd'hui, sans faire de valises, de partir en voyage pour me changer les idées. Ici. À Malakoff. Merci d'être venu. »

9. – Drach était un fétichiste des pieds. Dans les boîtes de nuit, ivre mort, ou faisant mine de l'être, il se jetait dans la foule dansante, plongeant comme un nageur de combat, en apnée, à quatre pattes, ou ventre à terre, cherchant en état de transe des orteils à sucer, des chevilles à pourlécher, des talons à embrasser. « Si j'ai un vice, c'est bien celui-là. Le lèche-pied est une activité qui, malheureusement, a tendance à se perdre un petit peu de nos jours, ainsi que la chasse à courre ou la pelote basque. À titre personnel je le regrette. On associe les obsédés du pied aux pires maniaques : c'est une gabegie. Plus encore qu'un cul, les variations d'un pied à l'autre relèvent de l'infini. Le pied nous échappe, il n'entre jamais dans la pantoufle de vair de sa définition. Le baisepied, crois-m'en, est de beaucoup plus exaltant que le baisemain. Il entre dans le baisemain une condescendance qui me déplaît : imagine qu'on ait institutionnalisé le baisepied à la place. Cela aurait immédiatement rectifié l'inégalité entre les hommes et les femmes. Tu vois le tableau ? Ces messieurs en train de se baisser, à genoux tel le pape baisant le sol de la nation qu'il visite, pour poser leurs lèvres sur le tarse des femmes ! On verrait alors qui domine qui. Tu ne crois pas ? »

Drach me raconta sa nuit (la scène se déroulait dans la sordide arrière-salle du sinistre café de la Mairie, sur la lugubre place Saint-Sulpice) : « Une soirée – comment dire ? – compliquée. Son récit devrait toutefois te plaire. Comme tu ne vis rien d'intéressant, pour ne pas dire rien tout court, ouïr ce nouvel épisode de mes facéties te fera beaucoup de bien. Antonia, tu sais, mon Italienne, est venue chez moi. Elle était en larmes. Elle venait de surprendre son copain, un Serbe suicidaire et taré saturé de tatouages, en train de copuler dans leur lit. Je ne pouvais décemment pas rater cette occasion. J'ai enclenché comme il se doit la bande originale de *Mary Poppins*, ai débuté avec elle un jeu de la vérité en mode déshabilleur mais cette petite sotte a refusé de se laisser embrasser. J'ai commencé d'écraser un somnifère dans son Coca... Elle s'est doucement laissée aller, sans dormir complètement...

— Ça sent le viol ton histoire. Je n'aime pas ça.

— Tout de suite les grands mots ! Disons que je l'ai installée dans une configuration où elle s'est retrouvée un tout petit peu en dessous de sa conscience. Ce, dans la stricte optique de passer une soirée intéressante. Cela s'appelle fabriquer de l'accommodation.

— Je ne veux pas entendre ton odyssée. C'est abject. Tu m'écœures.

— Ne prends pas cet air choqué. Ton problème est le romantisme. Tu n'as toujours pas saisi que les filles méprisaient les poètes ? Tu empestes la bûche, le feu de cheminée, la neige qui tombe comme les pellicules sur ton col. Tu pues l'alexandrin. Or, le seul angle approprié pour appâter une gazelle, c'est l'angle de la démangeaison dans le bas-ventre. Elles ne pensent qu'à ça. Mille fois plus que moi et cent mille fois plus que toi. Nous, l'amour aurait tendance à nous rendre moins baiseurs. Les filles, elles, sont sexuelles au prorata de leur amour et amoureuses à la mesure des coups de boutoir qu'on leur prodigue. Lâche le stylo. Lâche la plume ! C'est par le mandrin, par le mandrin seul, qu'on pénètre le cœur des femmes. Tu n'accèdes pas au Graal en récitant du Saint-Pol-Roux. Réveille-toi ! S'il te plaît réveille-toi ! Quand tu envoies cent pages à une bichonne, sache qu'elle se fout de ta gueule avec ses copines en leur lisant les passages les plus pathétiques à haute voix.

Et dans les minutes qui suivent, à ta santé bien sûr, ta merveilleuse princesse, ta Calicène, ta belle mie s'empresse de se faire pilonner le coquelicot par un gaillard musculeux qui n'a jamais ouvert un roman et qui pense qu'André Gide est le nom d'un parking souterrain. »

Drach se racla la gorge : « Antonia s'est endormie doucement. Je me suis saisi d'une petite lampe de poche frontale, suis passé sous les draps, et, dans la lumière de ma grotte, ai commencé à me délecter de son clitoris rose pétale.

— Je te *supplie* d'arrêter ça tout de suite. »

Il se mit à pleuvoir, comme souvent dans ce livre. Alternant sans arrêt entre la conviction de mon implacable génie et celle de ma congénitale nullité, entre la sensation d'être intelligent et le sentiment d'être idiot, je me décidai à suicider mon livre en le bâclant – je torchai la fin, dégoûté par ma prose, glacé par mon absence de style. J'étais un charlatan ; je n'avais fait, page après page, que juxtaposer des phrases à des phrases, sans jamais servir la vérité. J'étais un truqueur, un arnaqueur. Tout dans mon « roman » se révélait superficiel et crâneur ; cette masse de feuilles ressemblait à une excitation morte. Si j'étais incapable de me relire, c'est parce que j'avais honte de me lire. Où était passé le lycéen brillant ? Mort à Reims, échoué telle une baleine ; l'Institut d'études politiques, où j'obtenais les meilleures notes, ne m'était d'aucun secours pour me sentir supérieur à moi-même. Se lisait, dans la confiance en soi, quelque chose d'ébranlé pour toujours, cassé à l'extrémité de la vie, dans les bégaiements de l'enfance – la barbarie parentale n'avait pas seulement assassiné en moi l'envie de vivre, mais la vie elle-même. On m'avait, comme Gregor Samsa, transformé en blatte. On avait broyé, dans mon corps et mon « âme », comme l'eût écrit le Gide du temps d'André Walter, toute possibilité d'élan, toute progression en altitude. Je n'étais qu'un résidu de jeune homme. Je n'étais que le subsidiaire reliquat d'un coït vieux de vingt-sept ans. J'existais comme existent les choses : sans évolution, sans trace en moi d'histoire, sans pluriel – sans lendemain.

Aussitôt ces plaintes formulées, je me mettais à repétiller : la confiance revenait intacte, me placer sur le chemin de la publication, de la gloire, des corps féminins.

« Tu avais raison, me confia Drach au téléphone, paniqué. Cette grosse pute d'Antonia veut porter plainte. Pour un cunnilingus à la lampe torche ! C'est la lie cette fille ! La lie ! La lie des lies des lies des lies ! Mon avocat va la laminer. Je vais la foutre à la rue ! Sa carrière est *terminée*. L'écrabouiller je vais. Je ne suis pas un violeur, les femmes je les respecte. Tu le sais ! Ce n'est tout de même pas de ma faute si je les attire. Il faut que tu me soutiennes ! Que tu dises que tu étais chez moi hier soir, que tu es témoin de tout, que jamais je n'ai écrasé de Stilnox dans son verre, que tu le jures. Tu ne peux pas me laisser tomber. Nous sommes amis ! Nous sommes frères ! J'ai le bras long. Je peux faire et défaire les carrières. Tu pourras me demander ce que tu veux : c'est oui. Sauf de l'oseille ! Je te fournirai en nénettes jusqu'à la Saint-Glinglin ! Une par soir si tu veux. Je te refile tout mon fonds. Tu en as l'usufruit dès cette minute. Mais tu témoignes en ma faveur contre cette petite pute. D'accord ?

— Non, Delphin.

— Très bien. J'appelle mes amis corses. Considère que tu es un homme mort. Et moi aussi. Parce que tu auras mon suicide sur la conscience. Je vais écrire une lettre, que je poserai sur ma table de chevet, pour dire que j'ai ouvert le gaz à cause de toi ! *Tu es un assassin.* »

10. – Un mardi après-midi, par temps froid, mon manuscrit fut achevé. Des neiges giflaient dehors. Les bâtiments crépis, par ma fenêtre, arboraient leurs arêtes sinistres. Je passai un mois à le taper, arrachant des pans entiers, les greffant ailleurs, taillant maints rosiers, çà et là allongeant des passages. Je ne savais que penser de mon « ours » ; il était le résultat, non du génie, mais de l'ennui – je n'avais rien éclairé du passé de l'humanité, ni posé aucune bombe : j'avais accouché, comme tout le monde, et malgré mes arrogances, d'un petit roman rudimentaire, tape-à-l'œil, futile. Je me persuadai que tel ou tel chapitre, parce que chargé de mots crus et de descriptions pornographiques, suffirait à faire parler de moi. Je rédigeais mon « premier roman » dans une société désertée par les lecteurs. Le cinéaste était le bienvenu : tout film est clinquant ; le peintre, incarnant encore un fond de bohème, de dèche, pouvait se poser en pur « artiste » ; le musicien faisait, en Drach dans le texte, « vibrer le coquelicot des chaudasses ». L'écrivain, lui, était en l'espace de quelques années devenu piteux.

Il restait certes des écrivains. Des insulaires de la malédiction, des échappés de la barbarie ; je renonçai par vanité à leur commerce. Je ne supportais pas, je l'ai dit, qu'ils pussent penser d'eux ce que je pensais de moi. Ils me ressemblaient trop dans cette huileuse illusion de s'octroyer des dons. Leur manquait cette modestie qui me faisait défaut. Je ne savais pas si rien ne distinguait leur talent de mon talent, ou bien si nul ne distinguait mon génie de leur absence de génie. Je paraissais le seul au monde à admirer mon style – les « autres écrivains » étaient bien trop accaparés par le souci du leur pour se pencher sur le berceau du mien. Tandis que, dans la foule secouée par la foule ou seul chez moi, je parvenais à me considérer comme unique, les rencontres d'auteurs, les cocktails littéraires me ramenaient au nombre, atrophiant mes tentacules – je cessai d'être « à part » ; au contraire, je m'agrégeais, dans un incognito tacite où chacun était aussi célèbre que son voisin, à une congrégation spéciale : celle des futurs vieux machins lustrés, couverts de prix et d'honneurs, débordant de coups fourrés et de maîtresses croupissantes ; des tubards à reflets mauves, glauques et sereins, bardés d'œuvres complètes reliées de cuir et faisant entre eux des concours de préfaces. Les jeunes semblaient vieux, les vieux paraissaient morts.

La publication est une maladie : tous ces fors intérieurs qui finissent au pilon, ces romans systématiques et bottés, conformes, citant Tacite ou parlant de pénétration. Les récits brumeux, les formalités amoureuses, les souvenirs raplaplas : cette dévotion à soi-même, dans l'hostilité à tout collègue vivant, m'écœura tels ces relents de frites graisseuses aux abords des fêtes foraines. Je savais qu'en un claquement de doigts, les mâchoires du « milieu littéraire » se refermeraient sur moi, me hachant menu, prêtes à faire de moi un petit employé de la littérature. Je regrettais cette voie, puisque c'était une voie ; la plupart, sans le savoir, utilisaient le roman, l'essai, le récit, le journal intime comme un moyen de se frayer un passage dans l'existence et à Paris, boulevard Saint-Germain. Lors d'un cocktail chez Grasset, donné à l'occasion d'un Renaudot, je compris le mépris sans borne que les écrivains vouent aux écrivains. Tous, sans exception, levaient leur verre à leur œuvre personnelle. Où étaient donc Malraux, Morand Sartre, Giono, Gide ? Que faire pour exister ? Comment me distinguer de cette nasse autosatisfaite ? Comment ne jamais ressembler – de ma vie – à ce roteur agrégat de parvenus ? Comment ne jamais être affublé de leur double menton dans quinze ans ? Comment ne pas hériter de leur haleine de fouet sifflant ? Comment ne jamais produire la même grimace qu'eux à l'instant où, l'œil semblable à de constipés hérons, ils fusillent du regard la mégère qui vient de leur ravir au buffet l'ultime sandwich aux œufs de silure ?

Je fis relier mon chef-d'œuvre, cette petite chose, en trois exemplaires. Un pour Philippe Sollers, chez Gallimard ; un pour Bernard-Henri Lévy, chez Grasset ; un pour moi, chez personne.

Je n'en revins pas. Cette masse volumineuse reliée par d'énormes spirales noires était de *moi*. Je ne me détestai plus. J'avais *fait* quelque chose. Mon studio mortifère, mes incalculables échecs auprès des filles ne m'accablèrent plus. Je feuilletai l'épais volume en m'imaginant que j'étais Sollers, Bernard-Henri Lévy – tantôt j'eus envie de pousser des cris d'effroi, tantôt des cris d'admiration. J'oscillais.

Je pénétrai le cœur battant chez Gallimard. Le plus grand jour de ma vie, là-bas, ne revêtit aucune importance – un peu comme un infarctus serait chez lui dans un hôpital. Ce manuscrit, aboutissement miraculeux d'une vie, fut courtoisement intégré aux affaires courantes ; la consécration, la gloire, la postérité, empruntent elles aussi un *circuit*. À la seconde où je remis l'obèse paquet à l'hôtesse, mon roman cessa d'être exceptionnel – son caquet venait instantanément d'être rabattu par le lieu. Un lieu qui s'apparentait à la caisse enregistreuse de toutes les palpitations éditoriales de France ; *Jubilations vers le ciel* rejoignit docilement son ban, parmi tous ses semblables – il ne dépassait plus, il était assimilé déjà, digéré par la machine ; je vis mes espérances se dissoudre dans cet événement qui, crucial pour moi, était usé jusqu'à la corde pour le personnel de Gallimard. J'entrais en fier lieutenant d'artillerie, je ressortais en penaud petit caporal biffin.

Je me rendis chez Grasset. La devanture, moins impressionnante, me prodigua un regain de courage ; je ressentis moins d'écrasement. Nous étions chez des humains. Une femme aux cheveux gris sortit ; ses paupières tombaient. Elle respirait la bonté de celles dont personne ne veut. Elle alluma une gauloise sans filtre. Je l'abordai : « Je voudrais remettre un manuscrit à M. Bernard-Henri Lévy. » Un sourire illumina son triste visage : « Je suis son assistante. » Je m'allégeai de la bête, faisant promettre qu'elle serait transmise à son destinataire. « Je ne veux pas finir au cimetière des manuscrits. » « Chez nous, répondit-elle en crachant sa fumée vers le ciel comme un dragon éteint, les manuscrits ressortent toujours vivants. Même refusés, ils ont l'air contents de leur séjour. » Aussitôt je sus que c'était là que je voulais être : chez Grasset. Nulle part ailleurs ; c'était chez moi. Je le décrétai. Je sentis *physiquement* que le plus dur était fait.

Je me rendis à l'église Saint-Thomas d'Aquin visiter la Trinité. Je puisai à l'amour divin – les lieux saints sont d'abord faits pour les athées ; les autres, inscrits dans la coutume, possèdent leur foi pour chapelle. Je m'agenouillai, imitant ceux qui s'agenouillent ; la pluie tomba en abondance, projetant sa grenaille contre les vitraux. Je m'inscrivis, avec le silence requis, dans le souffle des humbles ; sous mes yeux, debout sur sa croix d'où il ne cesserait jamais de tirer sa force, le Christ humilié partagea avec moi un morceau de son sourire. Planté dans sa souffrance, infiniment sacrifié, vaincu par le monde et vainquant le monde qui le vainquait, il posa un fragment de lumière sur ma nuque. Une lueur bleutée me caressa, qui était le prolongement de sa main – une vie augmentée me serait offerte ; mes paumes incrédules se joignirent.

Le silence camphré de cette lumière, cette symphonie muette où battait l'orchestre d'un paradis, m'enseigna presque la joie. Je fus soulevé par un tremblement d'ondes. Rien, ni personne, ne pourrait plus me barrer le chemin vers moi-même. Dehors, les pavés, les arbres, la pluie me parurent des pavés, des arbres et de la pluie de roman – tout surgissait de mon imagination. J'étais le créateur débutant de cette fête colorée. La pluie s'arrêta net. La nuit qui prit sa suite fut une nuit banale, brouillée, salie par les lumières de la ville ; au-dessus d'elle, je le savais bien, s'étalait la vraie nuit, celle dont le noir est moucheté de diamants poussiéreux, de micas concassés, scintillants, et où tout mène – quoi qu'on en dise – aux choses les plus simples.

Cet ouvrage a été imprimé
par CPI Brodard & Taupin
pour le compte des éditions Grasset
à La Flèche (Sarthe)
en juin 2022

Mise en pages Nord Compo à Villeneuve-d'Ascq

PAPIER À BASE DE FIBRES CERTIFIÉES

Grasset s'engage pour l'environnement en réduisant l'empreinte carbone de ses livres. Celle de cet exemplaire est de 0,700 kg éq. CO_2
Rendez-vous sur www.grasset-durable.fr

N° d'édition : 22512 – N° d'impression : 3048780
Dépôt légal : septembre 2022
Imprimé en France